HELGE WEICHMANN

Mörderjagd
mit Elwetritsch

TRITSCH, TRITSCH! Die Elwetritsche sind als Sagengestalten in der ganzen Pfalz bekannt, gesehen hat sie allerdings – Hand aufs Herz – noch niemand. Kommissar Marcel Bleibier, selbst Ur-Pfälzer, staunt deshalb nicht schlecht, als eines Tages eine waschechte Elwetritsch neben seiner Badewanne steht. Die Tritsch erweist sich als schlagfertig, verfressen und trinkfest. Bald schon hat der Kommissar die Nase voll von dem vorlauten Sagenvogel. Doch dann überschlagen sich die Ereignisse in dem Örtchen Grumberg an der Weinstraße: Ein Start-up stellt vegane Pfälzer Wurst her und bringt alle gegen sich auf, im Wald liegt ein erschossener Mann, ein nächtliches Feuer bricht aus, schließlich verschwinden auch noch Seiten aus einem historischen Kirchenbuch.

Mit Lewwerworscht, Rieslingschobbe und einer guten Portion Pfälzer Humor gehen Bleibier und die Elwetritsch an die Lösung des Falles. Dabei wird das ungleiche Duo auf eine harte Probe gestellt. Denn das Geheimnis, das sie enträtseln wollen, ist seit 100 Jahren tief im Pfälzerwald versteckt …

© Susanne Reuber

Helge Weichmann, Jahrgang 1972, ist gebürtiger Pfälzer und lebt seit mehr als 25 Jahren in der Diaspora in Rheinhessen. Während seines Studiums jobbte der promovierte Kulturgeograph als Musiker und Kameramann, bevor er sich als Filmemacher selbstständig machte. Heute betreibt er eine Medienagentur, arbeitet als Moderator und hat sich mit Mainzer Krimis einen Namen gemacht. Die Pfalz trägt er jedoch immer im Herzen, deshalb sind die »Elwetritsche«-Bücher seine ganz persönliche Wertschätzung der wunderschönen Region zwischen Neustadt und der französischen Grenze. Neben Kultur und gutem Essen kommt darin auch die berühmte Schlitzohrigkeit der Pfälzer nicht zu kurz. Ajoh!

HELGE WEICHMANN

Mörderjagd mit Elwetritsch

KRIMINALROMAN

GMEINER

Immer informiert

Spannung pur – mit unserem Newsletter informieren wir Sie
regelmäßig über Wissenswertes aus unserer Bücherwelt.

Gefällt mir!

Facebook: @Gmeiner.Verlag
Instagram: @gmeinerverlag
Twitter: @GmeinerVerlag

MIX
Papier | Fördert
gute Waldnutzung
FSC® C083411

Besuchen Sie uns im Internet:
www.gmeiner-verlag.de

© 2020 – Gmeiner-Verlag GmbH
Im Ehnried 5, 88605 Meßkirch
Telefon 07575/2095-0
info@gmeiner-verlag.de
Alle Rechte vorbehalten
5. Auflage 2023

Lektorat: Teresa Storkenmaier
Herstellung: Julia Franze
Umschlaggestaltung: U.O.R.G. Lutz Eberle, Stuttgart
unter Verwendung eines Fotos von: © Walter Rupp
Druck: CPI books GmbH, Leck
Printed in Germany
ISBN 978-3-8392-2584-4

DONNERSTAG

Der Tag, der Marcel Bleibiers Leben veränderte, war sonnig, mild und leicht, in der Luft lag der spezielle honigsüße Abendduft, den es nur in der Südpfalz gab. Bleibier wackelte mit den Zehen und schaute zu, wie im Badewasser kleine Wellen plätscherten, dann hob er seinen Blick und ließ ihn müßig über die Rheinebene schweifen. Die späten Sonnenstrahlen füllten das weite Land mit Licht, während sich hinter ihm die Bäume am Haardtrand dunkel färbten und die Nacht erahnen ließen.

Bleibiers Badewanne stand außerhalb des Hauses im Garten, dort, wo die Grundstücksgrenze in offene Wiesen und Weinberge überging und zur Ebene abfiel. Inspiriert hatte ihn die TV-Serie »Ein Colt für alle Fälle«, in der ein hartgesottener Kopfgeldjäger massenweise Autos zu Schrott fuhr. Ebenjener Colt Seavers wohnte in einer Blockhütte mit Badewanne davor, und in der Anfangssequenz der Serie gab es eine Einstellung, in der Colt entspannt und mit dicker Zigarre in seiner Open-Air-Wanne lag.

Diese Idee hatte Bleibier schon immer gefallen. Als sich die Rahmenbedingungen in seinem Leben nach und nach änderten – die Tochter aus dem Haus, Scheidung und Auszug seiner Frau – nutzte er eine anstehende Badsanierung und verfrachtete die Wanne kurzerhand nach draußen. Der Sanitärfachmann verlegte kopfschüttelnd Leitungen unter dem Radieschenbeet, seine Nachbarn erklärten ihn für bekloppt, aber das interessierte Bleibier nicht. Er genoss die müßigen Zeiten in seiner Colt-Seavers-Badewanne, wenngleich er statt der Zigarre lieber ein Dubbeglas in der Hand hielt.

Heute trank er schon den vierten Schoppen. Normalerweise beließ Bleibier es unter der Woche bei einer einzigen Rieslingschorle, wenn überhaupt, doch heute war der Abend zu schön, um erbsenzählerisch zu sein. Die milde Luft kondensierte am kalten Glas, Tropfen lieferten sich ein Wettrennen auf dem Weg nach unten, die Farbe des Weins hatte die gleiche goldene Nuance wie die abendglühende Rheinebene. Bleibier nickte versonnen. Ja, es stimmte, was die Pfälzer gerne erzählten: Wenn dem Herrgott jemals ein Stück Paradies auf die Erde gefallen sein sollte, dann war es hier gelandet, genau hier.

In diesem Augenblick sah er den Vogel. Nein, kein richtiger Vogel, sondern ein … ja, was eigentlich? Bleibier blinzelte. Das Wesen hatte die Größe eines

Huhns, nun ja, eher eines stattlichen Hahns, und war entfernt vogelförmig. Sein Körper trug pelzige Federn, die in allen Farben schillerten, ohne sich auf eine bestimmte festzulegen. Die Beine waren kräftig, sie erinnerten an einen Hasen, endeten aber in platten Füßen nach Entenart. Zwei stämmige Flügel waren rechts und links an den Körper geklappt, weitere Federbüschel und ein absonderlicher Puschelschwanz schlossen sich hinten an. Am merkwürdigsten wirkte aber der Kopf, in die Breite gezogen und mit einem stabilen grünen Schnabel versehen. Darüber saßen zwei hervorstehende Augen, groß und rund, zwei löffelförmige Ohren und ein winziges Geweih mit kecken Spitzen.

Das Wesen saß einige Schritte von der Badewanne entfernt zwischen einem Buchsbaum und dem Salatbeet, es hielt den Kopf schräg und rührte sich nicht. Bleibier schaute vom Dubbeglas zum Vogeltier und wieder zurück. Halluzinierte er? Stimmte mit dem Wein etwas nicht? Er horchte auf seinen Magen, auf ein verräterisches Grummeln, doch nein, der Riesling von Winzer Ansgar war verträglich wie immer. Vorsichtig peilte Bleibier über den Wannenrand. Das Geschöpf hockte unverändert da, der leichte Abendwind zauste seine Pelzfedern, es rührte sich nicht, die runden Augen starrten unverwandt auf den Mann in der Badewanne. Bleibier plätscherte leicht mit der Hand im Wasser, er wusste selbst nicht so recht, warum, vielleicht wollte er in dieser absurden Situation einfach ein beruhigend normales Geräusch hören.

Noch immer bewegte sich das Wesen keinen Millimeter. Bleibier fing an zu überlegen, ob ihm vielleicht jemand einen Streich gespielt und eine Puppe in den Garten gesetzt hatte. Unauffällig schaute er sich um. Aber nein, der schräge Vogel wäre ihm schon beim Einstieg in die Wanne aufgefallen.

Seine Augen schweiften zurück – und wurden groß. Das Geschöpf war verschwunden, der Platz zwischen Buchsbaum und Salat leer. Bleibier glotzte eine Sekunde reglos, bevor er sich schnaufend in die Wanne zurücksinken ließ. Sah so eine Wahnvorstellung aus? Sollte er endlich einmal beim Doktor Seiler die altersangemessenen Blut- und Hirnuntersuchungen durchführen lassen, die die Apotheken-Illustrierte immer anriet? Oder hatte er sich einfach nur einen Schoppen zu viel gegönnt im milden Abendlicht?

»Ich muss langsam machen mit der Sauferei«, brummte Bleibier und ließ den Rest des Rieslings vorsichtshalber ins Badewasser plätschern. Auf komische Visionen wie dieses Pelzfedervieh hatte er künftig keine Lust mehr.

FREITAG

Am nächsten Morgen schrak Bleibier aus unruhigen Träumen hoch. Rufe erklangen, etwas klirrte.

»Wassnjetztschunwiddalos?«, knurrte er, während er auf einem Bein hüpfend in seine Hose schlüpfte und gleichzeitig versuchte, die Zähne zu putzen. Draußen empfing ihn das warme Licht der Südpfalz, das sich wie eine Lieblingsdecke auf die Haut legte. Eine Sekunde gönnte er sich den Genuss, die Berührung der Sonnenfinger bewusst wahrzunehmen. Dann raffte er sich auf und eilte die Straße nach oben. Dass der Lärm vom Stullwerk kam, war ihm klar. Seit Wochen schon ging es in der alten Holzfabrik hoch her, nirgendwo sonst in Grumberg wurde so viel und so lautstark gestritten.

»Hauen ab mit eierm Griezeich!« Metzger Bertl Bopp, wie immer in weißer, nicht ganz sauberer Schürze, schüttelte die Faust drohend in Richtung des Backsteingebäudes.

Auch Frau Krawehl, die Wirtin der Dorfwirtschaft, gestikulierte wild. »Verräderpack! Eiern Biokram kennena sunschtwo mache, awwer net bei uns!« Ein Dutzend Grumberger hatte sich vor dem rostigen Tor der Fabrik versammelt, ihre Stimmen wogten hin und her. Etwas abseits stand ein Grüppchen Leute, einige mit Bärten, viele mit langen Haaren, die Frauen trugen sackförmige Gewänder, die Männer Sandalen.

»Kein Fleisch! Gar kein Fleisch! Auch kein Pseudofleisch!«, riefen sie durcheinander. Ihr Unmut galt ebenfalls dem gedrungenen Gebäude. Einer hielt ein Plakat in die Höhe, auf dem etwas ungelenk eine glückliche Kuh unter einer lachenden Sonne prangte.

Beide Parteien wurden lauter, als drei Gestalten aus der Fabrik traten, zwei Männer, eine junge Frau. Sie entluden in aller Ruhe einen Lieferwagen, Säcke und Pakete fanden ihren Weg ins Innere des Gebäudes. Die Grumberger und die Langhaarigen krakeelten, es wurde am Tor gerüttelt. Die drei am Wagen reagierten nicht auf die Beschimpfungen, schließlich wandten sich die beiden Gruppen gegeneinander.

»Hier, langhooriches Gsindl, gehen doch emol was schaffe!«, brüllte Ansgar, der Winzer, mit hochrotem Gesicht. »Audonomepack, grienes!«

»Fleischfresser! Mörder!« Die Plakatfraktion schrie zurück, dass die Bärte wehten. »Ihr stopft euch voll mit Tierleichen, ihr seid so widerlich!«

»Eich ghört die Zung gschaabt ghört eich!«, echauffierte sich die Wirtin, die Grumberger nickten zustimmend. Schon wurden die Ärmel hochgeschoben, da ging Bleibier dazwischen.

»So, jetzt beruhigen wir uns alle mal wieder.« Sein Tonfall war entspannt, aber mit einer gewissen Schärfe.

»Ach endlich, die Bolizei!«, polterte Metzger Bopp. »Mach ebbes, Maazl, sperr die Urustifter weg! Des Xox!«

»Die haben uns bedroht! Fast angegriffen! Das ist ... das ist Körperverletzung!« Anklagend zeigten die Langhaarigen auf ihre Kontrahenten.

»Hier wird niemand weggesperrt und auch niemand angegriffen. Leut', macht mal langsam.« Bleibier wusste, dass sein Wort galt, zumindest unter den Alteingesessenen. Schließlich war er mit ihnen groß geworden. Über die Bio-Aktivisten machte er sich ebenso wenig Sorgen, sie waren so schlaksig, dass sie es wohl nicht auf eine Keilerei ankommen lassen würden.

Das sahen die Kampfhähne und -hennen wohl genauso, schnell einigte man sich wieder auf den gemeinsamen Feind – die drei Leute in der Fabrik.

»Unn iwwerhaupt, mach doch emol was gege die Vaterlandsverräter do drin!« Die dralle Wirtin zeigte anklagend durch das Tor. »Die tretn's pälzische Erbe mit de Fieß, unn nix bassiert!«

Wie auf Stichwort nahm die andere Gruppe ihren Singsang wieder auf. »Kein Fleisch! Auch kein Pseudofleisch!«

Bleibier verdrehte die Augen. Seit Wochen ging dieser Kleinkrieg nun schon hin und her, und es war kein

Ende in Sicht. Gerade wollte er ein ernstes Wörtchen mit den beiden Parteien reden, da erklang eine hohe, leicht näselnde Stimme hinter ihm.

»O je, Herr Kommissar, das sieht ja nicht gerade nach Pfälzer Gemütlichkeit aus. Was ist los, soll hier eine neue Startbahn West gebaut werden?«

Der Sprecher, ein Mann um die sechzig, sah aus wie ein Waldschrat: schlammige Stiefel, robuste Kleidung mit deutlichen Gebrauchsspuren, ein grauer Dreitagebart, dazu ein Fedora, dem die Jahre Form und Farbe geraubt hatten.

»Ooch, wir brauchen keine Startbahn West, um uns in die Wolle zu kriegen. Es reicht schon Hamlet, sehr frei interpretiert: Fleisch oder nicht Fleisch, das ist hier die Frage.«

Der Schrat schaute interessiert auf das Fabrikgebäude und die zwei Streitgruppen. Er war Professor für Geografie, kam aus Mainz und hieß mit bürgerlichem Namen Wendelin Wagenburck. Mit einer Handvoll Studenten führte er eine Projektarbeit im Pfälzerwald durch, es ging um den früheren Holzschlag und die verarbeitende Industrie, so viel hatte der Dorfklatsch verraten.

»Fleisch oder nicht Fleisch? Klären Sie mich auf, Herr Kommissar.«

Mit einer vagen Bewegung zeigte Bleibier auf das Backsteingebäude. Es stand an einer Anhöhe, der Hang und die Bäume wuchsen dahinter in den Himmel. Mehrere Gebäude aus schmutzig roten Ziegelsteinen machten einen verwahrlosten Eindruck, auf den umgebenden Freiflächen rosteten Greifer und Förderbänder vor sich hin.

»Ist eine ehemalige Holzfabrik, das Stullwerk, so heißt sie hier. Na gut, das wissen Sie wahrscheinlich schon, ist ja Ihr Thema.«

Der Schrat nickte eifrig und gab ihm ein Zeichen fortzufahren.

»Steht seit zig Jahren leer, aber jetzt ist ein neu gegründetes Unternehmen eingezogen. Ein Start-up, so nennt man das heute wohl, die VMG, Vegane Manufaktur Grumberg. Die stellen Pfälzer Spezialitäten her, Lewwerworscht, Grieweworscht, Broodworscht, Saumage, so was halt, aber alles vegan. Ohne Fleisch. Ohne tierische Bestandteile.«

»Oha«, meinte Professor Wagenburck, »das dürfte so manch eingefleischtem Pfälzer nicht schmecken.« Er lachte meckernd über sein Wortspiel.

»Ganz recht. Viele hier finden das ziemlich daneben, sie sagen, Fleisch ist Teil der pfälzischen Esskultur. Am liebsten würden sie die VMG auf den Mond schießen. Deshalb stehen sie jeden Tag am Tor und machen Stunk.«

»Und die anderen?« Wagenburck zeigte auf die zweite Gruppe, die ihr Kuhplakat schwang. »Die sehen doch aus wie Öko-Aktivisten. Wieso sind die denn gegen ein veganes Start-up?«

Bleibier seufzte. »Weil sie der Meinung sind, der Mensch soll komplett weg von der Wurst, auch vom Äußeren her. Die VMG-Leute machen richtige Dosen, wie für normale Wurst eben, und den Saumagen gibt's im Kunstdarm, sieht aus wie echt. Das passt den Ökos nicht. Sie sagen, das ist eine Mogelpackung, denn damit bleibt in den Köpfen das ›Wurstprinzip‹ erhalten.« Er malte die Gänsefüßchen mit den Fingern in die Luft und zuckte die Achseln. »Tja, den einen geht die Veganerei zu weit, den anderen nicht weit genug. Und das sorgt momentan für Stimmung im Ort.«

Der Schratprofessor schaute interessiert zu, wie aus einem der Fabrikfenster ein Transparent gehängt wurde. Das Logo der VMG wehte im Wind, eine Zickzacklinie, die die Buchstaben V und M verschmelzen ließ, daneben der Schriftzug »Vegane Manufaktur Grumberg – alles, was die Worscht braucht«. Sowohl die Grumberger Traditionalisten als auch die Hardcore-Veggies brachen in Geheul aus und gestikulierten wütend zum Gebäude hin.

Bleibier merkte, wie seine Verstimmung wuchs. Nicht nur, dass er schlecht geschlafen hatte. Nicht nur, dass ihm bei der letzten Schorle das Trugbild eines bunten Pelzvogels erschienen war. Nicht nur, dass der Lärm ihn heute früh von null auf hundert aus dem Bett gerissen hatte. Nein, es gab bei dem VMG-Gehampel ein weiteres Detail, das er jemandem von auswärts nicht auf die Nase binden wollte: Die junge Frau in der Fabrik, Annalena Fuchs, war die Tochter des Grumberger Bürgermeisters. Sie stand voll und ganz hinter dem VMG-Projekt, was das politische Miteinander im Ort zu einem wahren Eiertanz werden ließ. Egal, für welche Seite Bleibier in seiner Eigenschaft als Polizist Partei ergriff – es gab stets jemanden, dem er damit auf die Füße trat.

Eine Autohupe riss ihn aus seinen Gedanken. Vor dem Fabriktor hielt ein steinalter Kleinbus, eine eckige Toyota-Kiste. Der ehemals weiße Lack hatte sich ins Gelbliche verfärbt, auf den Seiten prangte der Schriftzug »Johannes Gutenberg-Universität Mainz, Institut für Geowissenschaften«. Fünf junge Leute kletterten heraus, zusammengerollte Karten ragten aus ihren Rucksäcken, einer hielt einen GPS-Empfänger in der Hand. Aha, die Schützlinge von Wendelin Wagenburck.

»Wie läuft's denn bei Ihnen?«, wandte Bleibier sich an den Professor. »Was erforschen Sie eigentlich genau?«

Der Schrat lächelte erfreut und zeigte schiefe Zähne. »Oh, gut, sehr gut läuft's. Wir untersuchen, inwieweit die ehemals exzessive Holzwirtschaft im Pfälzerwald sichtbare Spuren im natur- und kulturräumlichen Kontext hinterlassen hat. Anthropogene Überprägung mit reziproker Beeinflussung.«

Bleibier bedauerte seine Frage bereits. Er hätte wissen müssen, dass Wagenburck wie jeder Wissenschaftler sofort auf Fachgeschwurbel umschaltete, sobald man sich nach seiner Forschung erkundigte. Er nickte mit Scheininteresse, während der Professor von Woogflächen, Quellhorizonten und Meilerplätzen redete und die Studenten weitere Fachausdrücke einstreuten. Erst als eine Pause folgte, merkte der Kommissar, dass ihm sein Gegenüber wohl eine Frage gestellt hatte.

»Äh, was bitte, ich … äh«, stotterte er.

»Ich habe gefragt, ob Sie auch schon einmal in die alten Kirchenlisten geschaut haben. Die sind in Grumberg nämlich bis ins späte 17. Jahrhundert erhalten, durchaus selten.«

»Mh, nein, das, äh, ist bis jetzt noch nie nötig gewesen.« Er merkte, wie flügellahm seine Ausrede klang. Ein Euphemismus für »Ich habe keine Ahnung, was an alten Kirchenlisten so außergewöhnlich sein soll«.

»Für uns sehr interessant«, erklärte Wagenburck und stieg in den Kleinbus. »Denn in den alten Registern sind oft Besitzverhältnisse und Ortsangaben verzeichnet. Pfarrer Münch hat uns erlaubt, heute Nachmittag die Kirchenbücher einzusehen, und wer weiß, vielleicht finden wir dort weitere Hinweise zu unserem Forschungsgegenstand, dem historischen Holzschlag.« Pathos erfüllte seine Stimme, als würde er vom Verbleib des Heiligen Grals reden. Bleibier nickte unbestimmt und schaute zu, wie die Schratgruppe davonfuhr. Ihn plagten weiß Gott andere Probleme als Kirchenbücher und der historische Holzschlag.

Die aufgeheizte Atmosphäre hatte sich etwas beruhigt, einige der Grumberger gingen davon. Das sollte Bleibier nur recht sein, er machte sich auf zur Polizeiwache. Auf dem Weg durchs Dorf grüßte er hier und dort, die allermeisten Gesichter kannte er, Fremde gab es hier oben selten.

Das lag daran, dass Grumberg kein fachwerkgesäumtes Vorzeigeörtchen war wie Rhodt, Maikammer oder Deidesheim. Sicher, auch hier standen alte Häuser, schmucke Höfe und eine Kirche, die die Last der Jahrhunderte zusammengestaucht hatte wie einen uralten Mann. Doch die Grumberger blieben lieber unter sich, es gab keine Pension und kein Hotel, nur die Krawehlin vermietete einige Zimmer über ihrer Wirtschaft. Momentan hatten die Studenten dort ihre Unterkunft. Bleibier mochte diese kleine Welt. Für ihn war sie die Heimat, hier war er aufgewachsen, am Waldrand zwischen Weyher und Burrweiler. Der Gang durchs Dorf gab ihm jedes Mal ein wohlig warmes Gefühl in der Herzgegend. Seine Tochter Susanne nannte den Ort »Grumbeer«, sie hatte es kaum erwarten können wegzukommen. Inzwischen lebte sie in Mannheim, hatte einen guten Job bei den Reiss-Engelhorn-Museen und wurde nicht müde, ihren Papa zum Wegzug aus dem »Waldkaff mit Winzerzombies« zu bewegen. »Mach doch was aus deinem Leben, Babba«, versuchte sie es immer wieder, »es gibt doch noch mehr als den Haardtrand und Wingert und die immergleichen Gesichter.« Was aber, wenn er gar nichts anderes wollte als den Haardtrand und Wingert und die immergleichen Gesichter? Trotzdem freute er sich jedes Mal, wenn Susi zu Besuch kam mit Geschichten und Handyfotos aus der großen Stadt, von denen Bleibier schwindelig wurde.

Er erreichte die Wache. Schon auf dem Trottoir hörte er eine keifende Frauenstimme. Das klang nach der Bickel Elfriede, die mit ebendieser Stimme seit fast vierzig Jahren die Grundschüler von Grumberg beschallte. Elfi war Dauergast in der Polizeistube, ständig gab es etwas, was sie unbedingt zur Anzeige bringen musste.

»Unn alle leer newedroo! Wonnichsdirsaach, leer newedroo!« Ihre Stimme verursachte bei Bleibier einen Schoppenreflex, das sägende Jammern ließ sich am besten mit einer Rieslingschorle ertragen. Das kam aber nicht infrage, im Dienst trank er nicht. Oder zumindest selten.

Der Kommissar betrat das, was offiziell »Polizeiwache 1« hieß. Nicht, dass es eine Wache 2 oder gar 3 gegeben hätte. Nein, die Wache, ihre Einrichtung und sogar die beiden Beamten waren einmalig in der Gegend, keines der anderen Dörfer besaß eine eigene Dienststelle.

Und auch die Grumberger Wache wäre nach dem Willen der Bezirksdirektion Neustadt schon vor Jahren aufgelöst worden. Doch das ging nicht, und hinter dieser Tatsache steckte eine interessante Geschichte.

»Gmoje, Elfi. Was issn los?«, begrüßte Bleibier die ältliche Dame mit zementierter Frisur, die am Schreibtisch seines Kollegen Manfred Blümlein stand.

»Achgottachgott, Maazl, do bischt jo! En Diebstahl vor meiner Deer, mit Sachbeschädigung unn mit Mundraub!«

Bleibier hob eine Augenbraue. »Mundraub.«

»Mund…raub«, murmelte Manne und tippte das Wort ein. Er saß am Rechner, dem einzigen in der Wache, und suchte mit zwei Zeigefingern Buchstabe für Buchstabe auf der Tastatur.

»Ajoh, wonn ich's doch saach! Vier Kischde Woi, direkt vor meiner Deer!«

Während Bleibier seine Jacke auszog, hörte er sich die Geschichte der Bickel Elfi an. Winzer Ansgar hatte ihr gestern Abend vier Kartons Wein vor die Tür gestellt, weil er spät vom Wingert gekommen war und nicht mehr schellen wollte. Heute früh waren die Pappkisten durcheinandergewürfelt, die Flaschen lagen daneben, allesamt leer.

»Vierezwonsich Flasche Woi, alle ausgedrunge! Riesling, Weißburgunder, Dornfelder unn St. Laurent«, klagte Elfriede.

»Lau…rent.« Manne zog die Silben in die Länge, bis er die passenden Buchstaben gefunden hatte.

Die Studenten!, war Bleibiers erster Gedanke. Er verwarf ihn augenblicklich. Die Geografentruppe um Professor Wagenburck machte nicht den Eindruck, als würde sie nachts durch den Ort marodieren und sich an fremdem Alkohol vergreifen.

»Aufgerissen, die Kartons?«

»Ewe net!« Elfi machte Augen, als würde sie von einem Weinwunder sprechen. »Uffgschnidde, ganz sorgfältich. Abber net owwe, sondern an de Seite. E richtiches Derle noigschnidde, wie mim Lineal. In jeden Kaddong!«

Manne tippte die letzten Worte, die Zungenspitze im Mundwinkel. Mit zusammengekniffenen Augen überprüfte der Polizeimeister sein Protokoll auf dem 15-Zoll-Röhrenmonitor, der wie ein grauer Felsbrocken auf dem Schreibtisch thronte. Dann legte er schwarzes Durchschlagpapier zwischen zwei leere Blätter und schob alles sorgfältig in den Tintenstrahldrucker.

Bleibier schloss die Augen. Es war unmöglich, Manne auch nur das Basiswissen zum Thema IT beizubringen. Dass ein Tintenstrahldrucker keine Durchschläge machen konnte wie früher die Schreibmaschine – hoffnungslos. Dass man einen Computer herunterfuhr und nicht einfach den Stecker zog – vergebliche Liebesmüh. Unterordner, Formatvorlagen, rechte Maustaste – böhmische Dörfer. Manne hatte anfänglich sogar E-Mails ausgedruckt, die Antworten handschriftlich daruntergeschrieben und alles in einem frankierten Kuvert an den Absender zurückgeschickt. Inzwischen hatte Bleibier ihm beigebracht, den Antworten-Button zu nutzen, doch alle übrigen Finessen beim »Mehlverkehr« blieben ein Buch mit sieben Siegeln für den stämmigen Polizeimeister.

»So, guggemol, Elfi, do unnerschreibscht jetzt.« Manne hatte eine zweite Durchschlagpapier-Kombi ausgedruckt, nahm das obere Blatt und legte es Elfriede vor. Die Lehrerin korrigierte mit beruflichem Automatismus zwei Rechtschreib- und einen Kommafehler, bevor sie das Protokoll unterschrieb.

»Unn jetzt, Maazl, was machena? Spuresicherung? Kummt jemand vunn Neistadt?« Ihre Augen glitzerten gierig, als erwarte sie ein Ermittlungsaufgebot à la »Tatort«. Bleibier machte eine beruhigende Handbewegung.

»Erstmal hör ich mich um im Ort, ob jemand was aufgefallen ist. Dann gucken wir weiter.« Enttäuscht zog die Bickel Elfi von dannen.

Manne lehnte sich zurück, das Uniformhemd spannte über seinem Bauch.

»Weinraub. Das gefällt mir nicht«, meinte er mit unheilverkündendem Unterton. Der Polizeimeister neigte dazu, aus jedem Vorfall ein Drama zu machen. Bleibier wollte gerade antworten, da läutete das Telefon. Der Tastenapparat mit Spiralkabel stammte ebenso wie der Rest der Ausstattung aus den 1990ern und besaß kein Display, deshalb war jeder Anruf eine Überraschung. Manne räusperte sich und meldete sich im Behördentonfall.

»Polizeiwacheeinsgrumbergblümleinamapparat?«

Er hörte stumm zu und wuchs mit jeder Sekunde. Es musste etwas Wichtiges sein, das ihn dermaßen mit Amtswürde füllte. Nachdem er aufgelegt hatte, wandte er sich Bleibier zu und hatte denselben »Tatort«-Glanz in den Augen wie gerade Elfriede.

»Das ist Neustadt gewesen. Ein Toter. Im Wald. Mord in Grumberg!«

Eichen- und Kastanienbäume umrahmten die drei Menschen wie die Säulen einer Kathedrale. Bleibier genoss das Dämmerdunkel des Pfälzerwaldes, er schloss beim Gehen die Augen und ließ die Sonnenstrahlen zwischen den Zweigen auf seine Lider zucken. Die Luft roch erdig, prall und voll, nach Waldboden, nach einer immerfeuchten Fruchtbarkeit, die vor Leben nur so strotzte. Tief atmete er ein und aus.

»Da. Da vorne sind sie.« Manne lief ein Dutzend Schritte voraus und zeigte auf weiße und orangefarbene Flecken im gescheckten Grün. Der sonst so behäbige Polizeimeister war ein Wandersmann und konnte im Wald Strecke machen, dass Bleibier nur so staunte.

»Achgottachgott, en Dode!«, murmelte Bürgermeister Ludwig Fuchs, den alle nur den Fuchselouis nannten. Er hatte auf geheimnisvollen Wegen von dem Vorfall erfahren und sich den Polizisten angeschlossen.

Sie erreichten eine Lichtung, bevölkert von der Spurensicherung in weißen Overalls. Uniformierte Beamte standen am Rand und rauchten, Sanitäter langweilten sich. Zwei Männer in Zivil reckten ihre Handys in die Höhe, liefen im Kreis und sahen dabei aus wie Trottel.

Da könnt ihr lange nach Empfang suchen, dachte Bleibier gehässig. Das ist der Pfälzerwald und nicht die Fußgängerzone von Neustadt. Er mochte die Kollegen von der Kripo Neustadt nicht, sie trugen die Nase zu weit oben.

»Ach, guggemol, das Dorf kommt«, kommentierte einer der Männer prompt. Bleibier nickte ihm höflich zu und deutete zu einem der Bäume am Rand der Lichtung.

»Dort drüben, Eichenrinde hilft.« Als der Kripomann ihn verständnislos anschaute, deutete er auf das Handy. »Empfangsverstärkung. Eichenrinde hat viele Wasseradern, die leiten Mobilfunksignale weiter. Das Telefon fest an den Baum drücken, vielleicht ein paar Stellen ausprobieren, dann klappt's mit dem Empfang.«

Aus den Augenwinkeln sah er, wie die Kripomänner an eine Eiche herantraten und anfingen, ihre Handys an die Rinde zu drücken. Schmunzelnd ging er zur Spurensicherung. Wie weiße Würmer umlagerten die Spezialisten etwas Dunkles, das inmitten von Buschwerk und Gräsern lag.

»Was ist los, was haben wir denn?«, fragte er einen mausgrauen Schopf, der unter einer weißen Haube hervorlugte. Die Person stand auf und offenbarte magere Züge, schwere Augen und einen von senkrechten Falten gekerbten Mund. Die Rechtsmedizinerin Frau Dr. Kesselwirth-Schergmann war bekannt für ihren Mangel an jeder Art von Humor. Niemand hatte sie jemals lachen sehen, sie nahm jeden Spruch für bare Münze und wusste wahrscheinlich nicht einmal, wie Ironie überhaupt geschrieben wurde. Bleibier machte sich einen Spaß daraus, sie in schöner Regelmäßigkeit auf den Arm zu nehmen, ohne dass sie es kapierte.

Der doktorale Blick besaß die Herzlichkeit eines toten Fischs.

»Von Wanderern gefunden. Männliche Leiche zwischen vierzig und fünfzig, letale Schussverletzungen im Rücken. Liegezeit zwölf Stunden plus/minus vier, mehr nach der Obduktion.«

Bleibier legte ein bezauberndes Lächeln auf. »Aus Ihrem Mund klingt selbst das wie Poesie, Frau Doktor.« Sie schaute ihn unverwandt an, als hätte er in einer fremden Sprache geredet. Er schickte ein Zwinkern hinterher und trat an den Toten heran. Der Mann lag in verkrümmter Haltung auf dem Bauch, er trug dunkle sportive Kleidung und schwarze All-Terrain-Schuhe. Fünf rote Rosen blühten auf seinem Rücken. Fünf Schüsse. Eine Tat im Affekt? Beziehungsprobleme? Bleibier ging in die Knie, um das Gesicht zu sehen. Aufgerissene Augen, blau, erstarrt in ewigem Schrecken. Eine Nase, die wohl einmal gebrochen worden war und nun schief stand. Er kannte den Mann nicht, der hier im Wald lag wie ein Fremdkörper. Sein Kinn und die linke Schläfe zeigten Abschürfungen, die offensichtlich vom Sturz stammten. Sah nach Schwung aus. Also hatte man ihn nicht aus dem Hinterhalt erschossen, sondern auf der Flucht. Aus welcher Richtung mochte das Opfer gekommen sein? Die grüne Fläche um ihn herum trug so üppigen Bewuchs, dass keine Spuren zu sehen waren. Und auf einer Waldlichtung, die von geschätzten hundert Wildtieren passiert wurde, konnten auch Suchhunde die Fährte des Mannes nicht mehr aufnehmen, da brauchte Bleibier nicht lange nachzudenken. Plötzlich fing sein Nacken an zu kribbeln, er hatte das Gefühl, beobachtet zu werden. Unauffällig schaute er sich um, doch keiner nahm Notiz von ihm. Nur der Wald umrahmte die Lichtung, stumm und grün.

Bürgermeister Fuchs, ein spindeldürrer, groß gewachsener Mann mit Platte und abstehenden Ohren, drängte sich in den Vordergrund und riss Bleibier aus seinen Gedanken.

»Maazl, wer isses donn? Doch niemand aus'm Dorf, oder?« Er zwinkerte nervös, auf seiner Oberlippe hatten sich Schweißperlen gebildet. Bleibier konnte es ihm nicht verdenken. Ein Mord war etwas, was wohl kein Bürgermeister der Welt gerne in seinem Reich sah. Stumm schüttelte er den Kopf. Er wollte sich den Toten gerne näher anschauen, wusste aber, dass die Neustadter Kripokollegen das nicht dulden würden. Gerade beendeten sie ihre Eichenversuche und machten Anstalten herüberzukommen.

»Klappt nicht? Dann fehlt der Wasserkontakt«, rief Bleibier in ihre Richtung. »Das Handy muss ein bisschen nass sein, wenn ihr's an die Rinde drückt. Einfach mal drüberlecken.« Er nickte aufmunternd und amüsierte sich köstlich über den Anblick der beiden Kripobeamten, die ihre Mobiltelefone abschleckten und an den Baum pressten. Während die Sanitäter kichernd Handyfotos von den beiden machten, ließ sich Bleibier von der Rechtsmedizinerin Untersuchungshandschuhe geben und tastete die Taschen der Leiche ab. Nichts, kein Portemonnaie, kein Ausweis, noch nicht einmal ein Schlüssel. Entweder hatten der oder die Mörder den Mann durchsucht und alles an sich genommen, oder er war in den Wald gegangen, ohne etwas bei sich zu tragen. Bleibier rechnete zurück. Vor zwölf Stunden, also mitten in der Nacht. Was machte jemand nachts im Wald, ohne auch nur seinen Hausschlüssel dabei zu haben?

»Das ist ja wohl der blödeste Tipp, den ich je gehört hab. An eine Eiche drücken, um das Signal zu verstärken. Pfff.« Einer der Kripo-Neustadter schob sich heran und putzte sein Telefon mit einem Taschentuch. Sein Kollege kam hinterher, beide sahen nicht erbaut aus. Ihre Mienen wurden noch finsterer, als sie Bleibier neben der Leiche entdeckten.

»Hier, weg vom Tatort! Das ist unser Fall, Mordkommission, da ist die interne Vergabe vom Kriminalrat längst schon geregelt worden!«

Dass Kriminalrat Eugen Keilhauer den Toten im Wald sofort an die Neustadter weitergegeben hatte, wunderte Bleibier kein bisschen. Schließlich war es Keilhauers erklärtes Ziel, die Grumberger Wache 1 bis zur Bedeutungslosigkeit schrumpfen zu lassen, um sie endlich wegrationalisieren zu können. Er stand auf und lächelte entwaffnend.

»Aber nicht doch! Keine Angst, die Frau Doktor und ich, wir sind mit Samthandschuhen rangegangen.«

»Ich arbeite nicht mit Samthandschuhen, sondern mit Einmalhandschuhen aus Vinyl«, erklärte Frau Dr. Kesselwirth-Schergmann. Die Kripoleute zeigten mit ungeduldigen Bewegungen zum Rand der Lichtung. Manne und Bürgermeister Fuchs traten den Rückzug an, Bleibier strapazierte die Nerven der Neustadter noch etwas weiter, indem er sich umständlich den Schuh schnürte. Dann verzog er sich.

»Griff ins Klo, tät ich sagen.« Manne wischte sich den Nacken mit einem gewaltigen Stofftaschentuch ab. »Keine Spuren, keine Hinweise, gar nix.«

Bleibier trödelte, bis der Bürgermeister ein paar Schritte Vorsprung hatte. »Ganz ohne was gehen wir nicht, Manne«, antwortete er leise und ließ ein zerknittertes Stück Papier in seiner Hand erscheinen. »Das hier hat halb unter dem Toten gelegen, vielleicht ist's aus seiner Tasche gerutscht. Ich hab den Fuß draufgestellt und beim Schuhbinden zugegriffen.«

Der Zettel war per Hand beschrieben und in der Mitte zerrissen. »...inoa«, konnten die beiden Polizisten entziffern.

»Inoa.« Manne sprach das Wort so vorsichtig aus, als könnte er damit einen Fluch heraufbeschwören. »Was soll das denn heißen?«

Bleibier blieb stehen und warf einen Blick zurück zur Lichtung und zu den dunklen Bäumen, die dahinter standen wie eine stumme Armee. Schon wieder hatte er das Gefühl, verborgene Augen würden ihn beobachten.

»Keine Ahnung, was das für ein Wort ist. Aber jemand hat dafür sterben müssen, also werden wir's rauskriegen.«

Seit seine Frau Thea ausgezogen war, herrschte in Bleibiers Küche nicht gerade kulinarische Kreativität. Er ging oft in die Palzstubb, die Weinschenke von Grumberg. Die Krawehl Ingeborg mochte zwar ein Ratschweib sein, aber kochen konnte sie, da gab es nichts zu meckern. Ihre Gebredelde waren Legende, die Lewwerknepp hatten Biss, die Würste und der Saumagen öffneten das Himmelreich. Zu Hause hielt Bleibier sich an die einfachen Sachen: eine Dose Wurst, ein paar Scheiben Brot, zwei Gurken, Senf und einen Schoppen, das galt im pfälzischen Verständnis als ausgewogenes Nachtmahl. Ebendiese Kombination balancierte er auf die Terrasse, wo sich die Sonne anschickte, ihre milden Abendstrahlen über den Haardtrand zu gießen. Der Himmel leuchtete so blau, dass man ein eigenes Wort dafür erfinden müsste, zur Ebene hin färbte er sich königlich violett. Die Luft konnte man trinken.

Neben dem Broodworschtebrot klappte Bleibier sein Notebook auf. Es hatte zwar schon einige Jahre auf dem Buckel, doch im Vergleich zur IT-Ausstattung auf der Wache kam es fast aus der Weltraumforschung. Der dortige 486er verband sich über eine ISDN-Leitung mit dem Internet, deshalb bestanden Online-Recherchen in allererster Linie aus Ladebalken und Sanduhren. Zu Hause surfte Bleibier immerhin mit DSL – ein Umstand, der ursprünglich auf Susannes Nörgeln zurückging, für den er inzwischen aber dankbar war.

Das merkwürdige halbe Wort ließ ihm keine
Ruhe. …*inoa*. Er googelte. Eine Tönung von L'Oreal.
Ein philippinischer Familienname. Ein kanadischer
Rapper. Nicht gerade eine heiße Spur zum Toten im
Pfälzerwald. Wie wohl der Anfang des Wortes auf
der anderen Hälfte des zerrissenen Zettels lautete?
Er versuchte es mit »???inoa«, aber Google verstand
nicht, was er meinte. Beliebige Buchstabenkombina-
tionen brachten genauso wenig, schließlich driftete
Bleibier ab in die Tiefen des WWW. Müßig klickte er
sich durch Fotos und Artikel, bis ihn eine unsicht-
bare Hand zur Homepage von Grumberg führte.
Wie immer schloss er innerlich eine Wette ab, und
wie immer gewann er sie: »Letzte Aktualisierung: 26.
März 2016«, stand in der Fußzeile. An diesem Datum
hatte sich seit nunmehr vier Jahren nichts geändert.
So, wie die Zeit im Dorf stillstand, war sie auch im
Internet eingefroren.

Ein Grußwort vom Fuchselouis zierte die Seite, Bilder der Höfe und der Straßen fügten sich an. Bleibier
gab sich bittersüßen Erinnerungen hin. Seine Kindheit,
sein Vater mit dem struppigen Schnauzbart, seine Mut-
ter in der Kittelschürze, der Geruch nach Dampfnu-
deln. Später seine eigene Familie, die Jahre, die sie hier
gemeinsam verbracht hatten. Doch Thea war mit dem
Herzen nie wirklich angekommen. Sie stammte aus
Heidelberg, für sie fühlte es sich an, als hätte man einen

Baum verpflanzt und die Wurzeln vergessen. Das Dorf nahm ihr die Luft zum Atmen. Das Kleinbürgerliche, der enge Kontakt der Menschen, die Alten, die auf den Bänken vor ihren Häusern saßen – was er liebte, engte sie ein. Sie vermisste die Stadt und den Trubel und die Anonymität, in die man, wenn man wollte, eintauchen konnte. Über die Jahre wurde aus dem Unwohlsein eine ausgewachsene Depression, der Bleibier nichts entgegenzusetzen hatte. Mit Trauer im Herzen, aber ohne Groll ließ er Thea ziehen. Inzwischen wohnte sie wieder in Heidelberg, hatte ihre Lebenslust zurückgewonnen und schrieb dann und wann eine Karte, auf der ihr alter Schalk durchblitzte und die Bleibier jedes Mal in wilde Wehmut stürzte.

Als er aus der Vergangenheit auftauchte, war die Weinflasche ausgetrunken und die Sterne sprenkelten den dunklen Himmel.

»Hat's geschmeckt?« Die amüsierte, etwas kieksige Stimme ließ ihn mit leichter Verzögerung herumfahren. Seine Augen stellten scharf. Die Terrasse … der Garten mit der Colt-Seavers-Wanne … niemand da.

»Hallo?«, fragte er, und weil ihm nichts Schlaueres einfiel, schob er gleich noch mal ein »Hallo!?« hinterher. Zwischen den Blumenkübeln raschelte etwas, plötzlich kam die Stimme von der anderen Seite. »Aber Senf auf Broodworscht, das ist nicht dein Ernst, oder?«

Mit dem Wattegefühl im Kopf, das sich nach einem Liter Riesling unvermeidlich einstellte, fuhr Bleibier erneut herum. »Will mich jemand verarschen hier?«

Nach wie vor war er allein. Er blinzelte und überlegte, was nun zu tun sei. Spontan kam ihm die Idee, die Polizei zu rufen, bis ihm einfiel, dass er sich dann ja selbst rufen müsste. Eben wollte er sich erheben, da traf ihn fast der Schlag. Vor ihm, in der Mitte der Terrasse, hockte der Pelzvogel.

Wie ein Fisch auf dem Trockenen machte Bleibier den Mund auf und zu. Genau wie gestern rührte sich das Wesen nicht, es hielt den Kopf schräg und fixierte ihn. Im schwachen Licht, das von innen durch die Terrassentür fiel, sah er das farbige Pulsieren der Federn, die kleinen Geweihspitzen und den grotesk großen grünen Schnabel. Nach einigen Sekunden, die Bleibier wie Stunden vorkamen, öffnete sich der Schnabel. Die Stimme von eben erklang, kieksig, etwas knarrig und irgendwie fremd: »Aber ihr Menschen habt eh komische Angewohnheiten. Ich sag nur: Wein mit Sprudel mischen. Hallo? Geht's noch?« Mit einem missbilligenden Schnaufen schüttelte das Geschöpf den Kopf.

Bleibiers Gedanken wussten nicht, in welche Richtung sie laufen sollten, deshalb fiel seine Antwort eher unaufgeregt aus: »Na ja, im Sommer ist das schon okay so. Soll ja den Durst löschen und nicht gleich vollmachen.«

Das Vogelwesen kniff die Stielaugen zusammen und bog den Schnabel nach unten. Offensichtlich konnte es ihn bewegen wie einen kleinen Rüssel.

»Durst löschen. Mit Wasser. Was für ein Quatsch. Durst löscht man mit Wein, zumindest bei uns.«

Dafür, dass sich in Bleibiers Kopf ein Karussell drehte, gestaltete sich das Gespräch einigermaßen normal, das musste er zugeben. Vorsichtig tastete er sich einen Schritt weiter: »Bei euch, soso. Wer seid ihr denn, oder, ich sag mal: Was bist du denn?«

Das Geschöpf plusterte sich auf, spreizte die Flügel und sortierte mit seinem beweglichen Grünschnabel die Pelzfedern auf der Brust. Dann schaute es Bleibier listig an.

»Hm, lass uns mal überlegen. Wir beide, wir sind mitten an der Weinstraße, direkt da hinten fängt der Pfälzerwald an. Jetzt schauen wir genauer hin: Ich habe Flügel, komische Federn, platte Füße und Löffelohren, hinten sitzt ein Puschelschwanz und oben ein kleines Geweih. Na, was glaubst du, was ich wohl sein könnte?«

Mit einer Mischung aus Resignation und Fatalismus ließ Bleibier sich zurücksinken. Jetzt war eh alles egal, der Wahn hatte ihn gepackt. Er zuckte die Achseln.

»Tja, ich tät sagen: ganz klar eine Elwetritsch.«

Sein nächtlicher Besucher wackelte erfreut mit den Ohren.

»Hui, jetzt aber! Beim Jauch wärst du damit eine Gewinnstufe höher. Und das ohne Joker!«

In seinem rieslinggedämpften Zustand wunderte es Bleibier kein bisschen, dass eine Elwetritsch über Günther Jauch und »Wer wird Millionär« Bescheid wusste. Klar, warum auch nicht. Die bernsteinfarbenen Augen fixierten ihn, wieder spürte er das Kribbeln im Nacken wie auf der Lichtung. Er holte Luft.

»Sag mal, kann es sein, dass du heute Nachmittag im Wald gewesen bist, irgendwo zwischen den Bäumen?«

»Blitzmerker. Ich beobachte dich schon eine ganze Weile.«

Sein Zeitlupenhirn brauchte etwas Anlauf, bis die nächste Frage kam.

»Und, äh, warum? Was, äh, machst du jetzt hier? Also, hier bei mir?«

Der Flügel des Vogelwesens war so beweglich, dass es sich damit am Kopf kratzen konnte.

»Ja, gute Frage, was mache ich hier? Pass auf, ich verrat's dir!« Verschwörerisch beugte es sich nach vorne, Bleibier machte die Bewegung unwillkürlich mit.

»Und zwar: Ich bleibe von heute an bei dir, für eine ziemlich lange Zeit. Ich schaue mir deine Welt an, wie ihr lebt und wie ihr drauf seid. Ich lerne euch kennen, und du, du bist ab jetzt mein Mensch!«

Die Worte hingen noch in der Luft, da raschelte es, der Besucher war verschwunden. Bleibier hing in seinem Stuhl und glotzte auf die Stelle, an der eben noch ein Vogelding mit Entenfüßen und Geweih gehockt hatte. *Ich bleibe von heute an bei dir. Du bist ab jetzt mein Mensch.*

Er konnte ein Kichern nicht zurückhalten. Sonnenklar, er hatte gerade eine astreine Halluzination gehabt, und was für eine. Vielleicht waren ihm heute im Wald ein paar Pilzsporen in die Nase geweht, oder er entwickelte eine Allergie gegen Broodworschtebrot. Egal, die Show war toll gewesen. Entgegen jeder Vernunft entschloss Bleibier sich, eine weitere Flasche Riesling zu entkorken. Auch wenn es nur im Kopf stattgefunden hatte: Ein Zwiegespräch mit einer waschechten Elwetritsch musste auf jeden Fall begossen werden!

SAMSTAG

Laut Polizei-Landesverordnung Rheinland-Pfalz, § 17 Abschnitt 1b, durfte die Grumberger Wache 1 eigentlich gar nicht mehr existieren. Im Jahr 1998 hatte es eine Gebietsreform gegeben, die die Zuständigkeiten neu ordnete und Schluss machte mit den winzigen Zwei-und-drei-Mann-Wachen, die bis dato in jeder Ortschaft vertreten gewesen waren. Von nun an besaßen die beiden großen Bezirksdirektionen Neustadt und Landau die polizeiliche Aufsicht über die Weinstraße, alles wurde zentral verwaltet und geregelt. Nur Grumberg fiel durch dieses Raster, denn die Ortschaft lag genau auf der Gebietsgrenze zwischen den beiden Direktionen. Die Neustadter entschieden, dass Landau zuständig sei, die Landauer sahen das umgekehrt. Der Zwist wogte hin und her, bis ein Jahr später das Oberlandesgericht in Zweibrücken ein Machtwort sprach. Es ordnete an, dass die Grumberger Polizeiwache in einer Art Dornröschenschlaf gehalten wurde, bis die beiden Direktionen zu einer Einigung kamen. Das bedeutete für die Wache 1: Ihr Status wurde quasi eingefroren, es gab keine Modernisierungen mehr, keine neuen Geräte, keine Beförderung der Beamten, nichts, nada. Seither arbeiteten Bleibier und Manne sozusagen im luftleeren Raum, in einer Polizeiwache, deren Kalender noch immer das Jahr 1999 zeigte. Die beiden hatten damit kein Problem, immerhin konnten sie ihre angestammte Dienststelle behalten und niemand funkte ihnen dazwischen. Diese Sonderregelung sorgte auch dafür, dass Manne noch immer das Amt eines Polizeimeisters bekleidete, obwohl es diesen Dienstgrad seit über zehn Jahren offiziell nicht mehr gab. Bleibier war mit seinem Kommissarsposten mehr als zufrieden und schielte nicht auf irgendwelche Beförderungen, also bildeten die beiden Schutzpolizei, Kripo und Ordnungsamt in Personalunion und hielten die Füße still, um keine schlafenden Hunde zu wecken.

Heute arbeiteten sie mit vielen anderen Grumbergern auf dem Dorfplatz. Es ging hoch her, Rufe schallten, hölzerne Bänke wurden aufgestellt. Metzger Bopp und Bürgermeister Fuchs koordinierten alles in Pfälzer Lautstärke. Das Grumberger Sommerfest stand an, da wurden bei den Vorbereitungen alle Hände gebraucht. Bleibier hatte einen Stehtisch geschultert und spürte sein Kreuz.

»Weider niwwer, hopp, do kummt doch kenna durch so!«, brüllte Bopp. Gehorsam trug Bleibier seinen Stehtisch weiter nach links. Im Hintergrund stellte Manne Halteverbotsschilder auf. Zwar wäre kein Mensch auf die Idee gekommen, beim Sommerfest auf dem Platz zu parken, aber sicher war sicher. Das Feiern wurde hier durchaus ernst genommen.

»Nää, Maazl, do a net! Do kummt doch de Broodworschtegrill hi!« Vorwurfsvoll schüttelte der Metzger seinen Quadratschädel. Bleibier wuchtete den Tisch wieder in die Höhe, lief los und wartete darauf, dass irgendjemand Stopp sagte. Ganz schön schweißtreibend, das Sommerfest!

Wie jedes Dorf in der Pfalz konnte auch Grumberg auftrumpfen, wenn es um Gründe fürs Feiern ging. Schlachtfest, Mandelblütenfest, Osterschmaus, Sommerfest, die Kerb, das Keschdefest, Erntedank, Glühweinmarkt – allenthalben hockten die Bewohner auf dem Dorfplatz und hoben die Schoppengläser, um auf den jeweiligen Feiergrund anzustoßen. Der Gemeinderat hatte allen Ernstes schon überlegt, ob es nicht sinnvoller wäre, die Bänke das ganze Jahr stehen zu lassen, anstatt sie jedes Mal auf- und abzubauen.

Bleibier trabte weiter, seinen Tisch halb auf der Schulter. Die Schlepperei ging zwar auf die Knochen, doch er brauchte kein Hirn dazu. Gut so, denn zum einen brummte sein Schädel ein wenig vom gestrigen Riesling. Zum anderen spukte das Federvieh in seiner Erinnerung. Verrückt, es war so … so wirklich gewesen. So echt. Die Stimme, der man anhörte, dass sie nicht in einem menschlichen Kehlkopf gebildet wurde. Die Federn mit ihren Farbspielen. Der Schnabel, der sich so ulkig bewegte und die jeweilige Gemütslage anzeigte wie der Mund eines Menschen. Er fragte sich, wo er eigentlich die Fantasie für eine solche Wahnvorstellung hernahm. Als Polizeibeamter, der mit beiden Beinen auf dem Boden stand, hätte er sich eine solche Begabung gar nicht zugetraut. Schon erstaunlich, was der Pfälzer Wein alles zutage brachte.

Das zweite Fragezeichen in seinem Kopf betraf den Toten auf der Lichtung. Ein Mann, der nachts in schwarzer Kleidung im Wald umherlief und fünfmal in den Rücken geschossen bekam. Spontan entschloss er sich, bei Frau Dr. Humorlos durchzuklingeln, vielleicht konnte er ihr einige neue Erkenntnisse aus der Nase ziehen. Die Rechtsmedizinerin war mit ihrer Arbeit verheiratet, also standen die Chancen gut, sie auch samstags in der Pathologie zu erreichen.

Um von einem offiziellen Telefonanschluss anzurufen, ging er zur Wache. Unterwegs kam ihm der studentische Klapperbus entgegen, Professor Wagenburck und seine Geografenbande winkten fröhlich, Bleibier winkte zurück. Dass er noch immer den Tisch trug, fiel ihm erst an der Tür auf, kurzerhand stellte er ihn vor die Eingangstreppe.

Nach dem zweiten Klingeln meldete sich Frau Kes-

selwirth-Schergmann mit einem knappen: »Ja?« Sie
schaffte es, in dem kurzen Wort mehrere Botschaf-
ten zu verpacken: Ich bin beschäftigt, der Anruf stört,
ich habe keine Zeit, keine Lust und kein Interesse.

»Hallihallo, Frau Doktor, Bleibier hier.« Er legte
Schmelz in seine Stimme. »So ein schöner Samstag,
und Sie sind im Keller und reden mit Ihren Lei-
chen?«

»Ich rede nicht mit Ihnen, ich obduziere sie.«

Bleibier kringelte sich fast. »Na, dann können Sie
mir bestimmt ein paar Neuigkeiten zu unserer Wald-
leiche sagen. Wissen wir denn schon, wer es ist?«

Ihre Stimme kühlte noch weiter ab. »*Wir* wissen
das tatsächlich, aber *Sie* und die Grumberger Poli-
zeidienststelle werden das nicht erfahren. Sie sind
schließlich nicht an den Ermittlungen beteiligt, soweit
ich weiß.«

Er versuchte zu klingen wie George Clooney in
der Nespresso-Werbung. »Kommen Sie, Frau Doktor, ein Mord direkt vor unserer Haustür. Da wollen
wir doch wissen, was los ist. Schließlich müssen wir
unsere Bürger schützen, oder?«

Ihr Schnaufen klang entnervt durch den Hörer. »Ich
habe klare Anweisungen von Kriminalrat Keilhauer,
dass die Erkenntnisse zu diesem Fall intern bleiben.
Ist das angekommen?«

Er lachte tief und männlich. »Ach so, die Weisung

vom Kriminalrat. Kein Problem, ich habe mit ihm gesprochen, das geht in Ordnung.«

»So? Das kann er sicher bestätigen, er steht nämlich gerade neben mir.«

Bleibier biss sich auf die Zunge. Hoppla, was machte denn Keilhauer an einem Samstagmittag in der Pathologie? Schon dröhnte die Stimme des Kriminalrats durch die Leitung. »Bleibier, was faseln Sie da? Sie sind ganz weit raus aus diesen Ermittlungen, ganz weit, klar? Das ist überhaupt nicht Ihre Schuhgröße, noch nicht mal ansatzweise!«

Eugen Keilhauer war der Endgegner von Bleibier und Manne. Seit er den Posten des Kriminalrats in Neustadt übernommen hatte, konzentrierte sich sein Vernichtungswille auf die Grumberger Wache. Eine solch methusalemische Einrichtung an den Grenzen seines Reichs, das ging nicht! Seine Vorstöße beim Oberlandesgericht waren bisher zwar erfolglos geblieben, doch er hatte eine Kleinigkeit gefunden, an der er den Hebel ansetzen konnte. Der zuständige Landesrichter formulierte es so: »Kann die Wache 1 keine Fälle von schutzpolizeilicher oder kriminalistischer Wichtigkeit mindestens im Bereich des regionalen Durchschnitts vorweisen, so ist die Abschaffung derselben mittelfristig statthaft.« Seither versuchte Keilhauer, den Grumbergern jeden Fall abspenstig zu machen und an seine eigenen Leute zu geben. Bleibier bauschte im Gegenzug jedes noch so kleine Vorkommnis auf, um der Wache weiterhin eine Daseinsberechtigung zu sichern.

Prompt legte der Kriminalrat nach: »Ist sonst nichts los bei Ihnen, oder was? Haben Sie Langeweile? Na, umso besser, dann können wir ja demnächst den Laden dichtmachen.«

Bleibier ging im Geist die letzten Tage durch und blieb beim Mundraub der Bickel Elfriede hängen.

»Doch, doch, wir haben seit gestern einen heiklen Fall, Kapitalverbrechen, schwerer Raub. Spitzenweine der hiesigen Lagen sind gestohlen worden. Planvolles Vorgehen, ich tippe auf organisierte Kriminalität.«

»Aha. Wie viele Flaschen denn?«

Er überschlug. Vier Kisten à sechs Flaschen. »So vierundzwanzig in etwa.«

Keilhauer pfiff leise. »Vierundzwanzigtausend. Ist tatsächlich kein Pappenstiel. Schadenssumme?«

Winzer Ansgar nahm vier oder fünf Euro pro Flasche, mal vierundzwanzig.

»Hundert. Eher mehr.«

»Hunderttausend Euro, na gut. Da erwarte ich Ihren Bericht demnächst.« Keilhauers Stimme verriet, wie sehr ihn das ärgerte. Bleibier hingegen freute sich diebisch. Was der Kriminalrat in seine Worte hineininterpretierte, war schließlich dessen Sache. Brummig schloss Keilhauer das Gespräch: »Und nur am Rande, obwohl es Sie absolut nichts angeht: Der Tote im Wald ist ein Privatschnüffler aus Grünstadt, ein windiger Hund, mit dem wir schon ein paarmal Ärger hatten. Sieht also eher nach einer Abrechnung innerhalb der Szene aus, und der Tatort da oben ist wahrscheinlich reiner Zufall gewesen.«

Nachdenklich trat Bleibier aus der Wache. Er glaubte nicht an einen Zufall. Die Tatsache, dass ein Privatdetektiv im Wald unterwegs gewesen war, machte die Sache noch mysteriöser. In wessen Auftrag hatte der Mann gehandelt? Und in welches Wespennest hatte er gestochen? Eine laute Stimme riss ihn aus seinen Gedanken:

»Proscht, Maazl. Des gfallt ma, bleibt der länger do stehe?«

Drei weinselige Gesichter strahlten ihn an. Wenn Bleibier daran gezweifelt hätte, sich am Haardtrand zu befinden, wüsste er spätestens jetzt Bescheid. Denn der Stehtisch, den er vorhin vor der Tür abgestellt hatte, war inzwischen voll integriert: Drei Grumberger lehnten daran, hatten Käsewürfel und Wingertsknorzen ausgebreitet und schenkten sich großzügig aus einer Weinflasche ein. Willkommen in der Pfalz!, dachte Bleibier und ließ sich ein volles Glas reichen.

Am Nachmittag lief das Sommerfest auf vollen Touren. Die Grumberger Bürger beschallten den Dorfplatz, alle redeten durcheinander und beherrschten die Kunst, gleichzeitig zuzuhören. Der gemischte Chor »Frohsinn 1918 e.V.« sang Weisen, die von Keller, Küche, Weinköniginnen und strammen Winzerbuben erzählten. Der Grill schickte Rauchwolken in den Himmel, Metzger Bopp drehte mit stolzem Schweißgesicht Bataillone von Würsten hin und her.

Bleibier lehnte sich zurück und genoss das Treiben. Die Lautstärkekurve ging steil nach oben, wie immer, wenn mehrere Pfälzer beieinandersaßen. Pälzer Krischer halt. Ein befreundetes Paar aus Hannover, mit dem Thea und er einmal in der Palzstubb gewesen waren, hatte erstaunt gefragt, warum sich alle anbrüllten. Er wusste im ersten Augenblick nicht, was die beiden meinten, denn alles war wie immer: An jedem der Tische erzählte jemand etwas, zwei weitere ergänzten die Geschichte mit ihren eigenen Erfahrungen, der vierte und der fünfte machten dumme Sprüche über das Thema und der Rest lachte noch immer über einen Witz, der vor einer Viertelstunde die Runde gemacht hatte. Das alles wurde lediglich unterbrochen von dem Klirren, wenn die Dubbegläser aneinanderstießen und der Pfälzer Trinkspruch erklang: »Dringema ääna? Alla guud!«

»Dringema ääna?«, rief Ditze, der Werkstattinhaber, in die Runde. »Alla guud!«, kam die Antwort aus einem Dutzend Kehlen, die Gläser gingen in die

Höhe. Bleibier nahm einen Schluck und ließ seinen Blick über den Dorfplatz schweifen. Da saßen die Leute, mit denen er groß geworden war, die Menschen, die Grumberg Gesichter und Geschichten gaben. Der Fuchselouis debattierte mit dem Seiler Gert, dem Doggda, der in seiner Praxis alles vom Hühnerauge bis zur Lungenentzündung behandelte. Die Krawehlin saß mit ihren Landfrauenfreundinnen auf einer Bank, alle ratschten, dass man die Viertel- und Halbwahrheiten von Mund zu Mund springen sah. Die Bickel Elfriede, die anzeigefreudige Lehrerin, redete auf ihren Mann ein, der ergeben daneben hockte wie ein Kaktus, den man mit Worten totgoss. Mit leicht glasigen Augen lehnte Ditze an seiner Schulter, der eigentlich Dietmar hieß und in dessen Werkstatt Autos, Traktoren, Motorräder und im Notfall auch Nähmaschinen repariert wurden.

Pfarrer Münch hatte die Mitglieder der Kirchengemeinde um sich versammelt. Ein Trollschoppen ging herum und zeigte, dass das biblische Bild vom Weinstock in Grumberg durchaus wörtlich genommen wurde. Gerade kam der Bäckermeister, der Eller Josef, im Eilschritt gerannt und brachte Nachschub für die beiden Matadore des Sommerfestes: Brezel für Winzer Ansgar und Weck für Metzger Bopp. Die beiden hatten in ihren Verkaufsständen alle Hände voll zu tun: Links gingen Gläser, Flaschen, Brezel

und Speckkuchen über den Tresen wie am Fließ-
band, rechts konnten die Brötchen nicht schnell genug
aufgeschnitten werden für die Würste und die Steaks.
Daneben dampfte ein Kessel Worschtsupp, die Metz-
gersfrau und ihre beiden Söhne belegten Brotschei-
ben mit Lewwerworscht, Grieweworscht, Broodworscht und Schwartemage im Akkord. Der Berg an
leeren Dosen wurde größer und größer, doch es war
ein Kampf gegen die Hydra: Je mehr Brote sie machten, umso länger wurde die Schlange der Wartenden.
Auch vor Bleibier lagen drei Hausmacher-Scheiben,
in die er abwechselnd hineinbiss.

Auf der Bühne entstand Unruhe, die Sangesbrüder
und -schwestern machten Platz. Bürgermeister Fuchs
schlüpfte in ein Sakko, strich es glatt und trat ans Mikrofon. Bei keinem Fest durfte seine Rede fehlen, eine
Tradition, die die Besucher mit den Augen rollen ließ.

»Liebe Mitbürgerinnen und Mitbürger, liebe Grumberger, liebe Gäste. Es ist wieder einmal so weit, unser
Dorfplatz wird zum Mittelpunkt der Geselligkeit. Ich
will diese Gelegenheit nutzen, um …«

Ebenso wie die meisten anderen schaltete Bleibier
ab. Er amüsierte sich zwei, drei Sätze lang über die
vergeblichen Bemühungen des Bürgermeisters, seinen
pfälzischen Dialekt in eine Art Hochdeutsch zu klei-
den. Doch die überdeutlich ausgesprochenen Endun-
gen konnten nicht über die kehligen Vokale und die

schleppenden Sch-Laute hinwegtäuschen. Helmut Kohl ließ grüßen – den Pfälzer hörte man immer und überall heraus.

Sogar Bleibiers eigener Name war ein Opfer des pfälzischen Zungenschlags geworden. Er hatte französische Wurzeln, sein Großvater stammte aus dem Elsass. Der Familienname sprach sich eigentlich französisch aus: »Bleib-j-eee«. Doch zwei Generationen Pfalz hatten das knappe, etwas plumpe »Blei-Bier« daraus gemacht, die Mischung aus Schwermetall und Gerstenbräu. Und auch sein Vorname, elegant-frankophil »Mar-sell« betont, wurde hier zum »Maazl« geplättet. In seiner Jugend hatte Bleibier immer wieder auf die korrekte Aussprache gepocht, aber es war ein Kampf gegen Windmühlen gewesen: Die Grumberger nahmen seine Widerworte nett lächelnd zur Kenntnis und begrüßten ihn am nächsten Tag wieder mit »Ou, de Maazl«. Nach einer Million Verbesserungen gab er auf, sei's drum, im Dorf würde er auf ewig »de Bleibier Maazl« sein.

Ditze ließ sich mit Schlagseite neben den Kommissar auf die Bank fallen. »Ooch, de Fuchselouis find mol widda kä End!« In einer Hand hielt er ein Dubbeglas, in der anderen ein Grieweworschtebrot. »Des will doch eh kenna wisse, wasser babbelt.«

Bleibier bedeutete dem angezählten Mechaniker, still zu sein. Denn soeben erhob sich Gemurmel, die

Leute machten wegwerfende Handbewegungen Richtung Bühne. Er hörte zu, als Fuchs die Stimme erhob.

»Und da braucht ihr euch gar nicht so anzustellen. Selbst wenn's nicht allen gefällt: Das Recht auf freie Meinung gilt auch hier bei uns. Grumberg ist ein offenes Dorf, gerade für neue Ideen!«

Buhrufe wurden laut. Bleibier wusste, um was es ging: um die VMG, die Vegane Manufaktur. In den Augen der Grumberger war sie Hochverrat an der Urpfälzer Küche, wo der allgemeinen Überzeugung nach schon die Neandertaler aus ihren erbeuteten Säbelzahntigern Worschtsupp gemacht hatten. Dass Bürgermeister Fuchs in seiner Rede darauf anspielte, verwunderte den Kommissar nicht, schließlich mischte Töchterchen Annalena kräftig mit. Weder die VMG-Genossen noch ihre öko-rabiaten Gegenspieler hatten sich bisher auf dem Fest gezeigt, wofür Bleibier im Sinne eines friedlichen Nachmittags dankbar war.

»Die kenne ma fortbleiwe, die Körnerfresser mit ihrer Bio-Worscht.« Ditze ließ seine Faust auf den Tisch krachen. »In meim Leewe ded ich des Zeich net fresse, unn wonn ich am Verhungre wär!« Die Fleischeslust glaubte man ihm sofort, seine Figur ähnelte der eines Bulldozers, allein sein bartstoppeliges Kinn hatte die Ausmaße einer Kegelkugel. Kein Mensch hatte ihn bisher glattrasiert gesehen, hinter vorgehaltener Hand wurde vermutet, die Stoppeln wären schon beim Abspülen der Rasierklinge wieder nachgewachsen. Jetzt hatte Ditze eine ordentliche Fahne, also verzichtete Bleibier auf eine aussichtslose Diskussion über veganen Fleischersatz.

Er wusste selbst nicht so recht, was er von der VMG halten sollte. Sicher, Fleisch in jeder Form gehörte zur Pfälzer Speisekarte, nicht umsonst hieß es hier: »E Esse ohne Fleesch is kä Esse!« Andererseits verursachte der Fleischhunger der Industrieländer unsägliches Tierleid, das Fernsehen zeigte oft genug Bilder von Massenhaltung und Lkw-Transporten. Für die Schweine, die Metzger Bopp bezog, galt das zwar nicht, die stammten aus der Region und wussten zumindest, wie sich Erde, Gras, Sommer und Schnee anfühlten. Aber wenn die Vegane Manufaktur tatsächlich einen Ersatz mit ähnlichem Geschmack und ähnlicher Konsistenz hervorbrachte, würde diese Erfindung vielleicht endlich das Billigfleisch aus den Supermarktregalen verdrängen. Bleibier musste zugeben, dass er die veganen Wurstkreationen gerne einmal probieren würde. Heimlich, natürlich.

In diesem Augenblick entstand Tumult. Drei Leute stürmten auf die Bühne und schoben den Bürgermeister zur Seite, es wurde gerangelt, schon hielt einer der Neuankömmlinge das Mikrofon in der Hand. Bleibier wusste, dass der gemütliche Nachmittag damit sein Ende gefunden hatte: Es waren Annalena und ihre beiden Mitstreiter. Prompt standen die ersten Grumberger auf, Fäuste wurden geschüttelt, Gläser fielen um. Manne machte sich sofort auf den Weg zur Bühne, um Schlimmeres zu verhindern.

»Wir wollen euer Fest nicht stören!«, rief Annalena ins Mikrofon, das eine schrille Rückkopplung erzeugte und alle zusammenzucken ließ. »Bleibt sitzen, wir wollen euch nur etwas sagen!«

Bleibier ging durch die Bankreihen und drückte hier und dort eine Schulter nach unten, die sich erheben wollte. Er nahm die drei in Augenschein. Annalena kannte er, seit sie auf die Welt gekommen war. Die klää Krott mit Zahnlücke und Sommersprossen hatte sich zu einer hübschen Mittzwanzigerin entwickelt, deren grüne Augen trotzig in die Menge blitzten. Rechts von ihr stand ein schmaler Mann um die dreißig mit weichem Gesicht und langen Wimpern. Seine schwarzen Haare trug er nachlässig gekämmt, nach Art der Bohème. Der Dritte war kräftig und untersetzt, mit dunkel behaarten Armen, der Ballonkopf wurde schon etwas licht. Eine runde Brille ließ ihn aussehen wie Harry Potter auf Anabolika.

»Wir wissen, dass ihr das alles nicht gut findet, was wir machen. Dabei geht es uns gar nicht darum, euch eins auszuwischen oder irgendwas zu verbieten. Wir sind ja auch hier groß geworden, genau wie ihr. Aber es muss etwas passieren, die Menschheit kann nicht mehr so weitermachen!« Annalena musste sich am Mikrofon anstrengen, um die aufgebrachte Menge zu übertönen. Jeder rief etwas in Richtung Bühne. »Ess emol e Schnitzl, dann hoscht nimmi so viel Ferz im Kopp!«, lautete einer der netteren Kommentare.

»Deshalb haben wir, die Vegane Manufaktur Grumberg, lange probiert und geforscht. Und wir haben eine Möglichkeit gefunden, die alle zufrieden machen kann. Die Natur, die Tiere, und auch euch, die ihr gerne Fleisch und Wurst esst. Es muss keiner auf etwas verzichten, es gibt nur Gewinner!«

Die Grumberger muhten wie eine wütende Herde, Bleibier machte sich bereit, mit der ganzen Autorität seines Amtes einzugreifen. Metzger Bopp krabbelte auf einen der Tische und beugte sich als übergewichtige Galionsfigur nach vorne. Sein Gesicht glühte krebsrot.

»Eier Bioscheiße kennena selwerscht fresse!« Seine Stimme überschlug sich. »Kää Sau hier ded des Zeich a nur mit de Beißzong olange! Kää Sau!«

Die Menge johlte und applaudierte. »Jawoll, Bertl, recht hoscht!«

Annalena und ihre Kumpels schauten sich an und nickten. Im Nu hatten sie ein gefaltetes Stück Stoff hervorgeholt, groß wie ein Tischtuch, und breiteten es mit erhobenen Armen aus. Es zeigte einen grobkörnigen Fotodruck. Die Grumberger verstummten nach und nach, während sie ihre Augen zusammenkniffen. Auch Bleibier strengte sich an. Er konnte drei Leute darauf erkennen, das VMG-Team höchstselbst. Sie trugen schwarze Kleidung und dunkle Mützen mit ihrem weißen Zickzack-Logo, ihre Daumen reckten sich siegesgewiss nach oben. Neben ihnen stapelten sich Kartons, im Hintergrund zogen sich Regale entlang, vollgestellt mit metallisch glänzenden Gegenständen.

»Na, erkennst du's, Bertl?«, wandte Annalena sich herausfordernd an Metzger Bopp. Der glotzte von seiner erhöhten Tischposition, als würde er ein Ufo sehen. Seine Frau brach schließlich das Schweigen.

»Des … des is jo unser Lagerhaus!«

»Richtig, euer Lagerhaus! Wir sind heute Nacht nämlich eingestiegen und haben sämtliche Wurstdosen rausgeholt. Und wisst ihr, was wir euch stattdessen dort gelassen haben?« Annalena zeigte auf den Bopp- schen Verkaufsstand und schrie fast. »Unsere vegane Wurst! Alles in Dosen, alles schön bedruckt, genau wie eure! Nur unten auf dem Boden, da ist ein winziger Abdruck im Blech, unsere VMG-Linie!«

Man hätte eine Stecknadel fallen hören können, während die Boppin zu dem Stapel leerer Wurstdosen trat. Mit zitternder Hand nahm sie einige auf, drehte sie um und fummelte ihre Lesebrille aus der

Kittelschürze. Zwei lange Sekunden schaute sie auf die Blechböden, das Gesicht spitz wie eine Maus. Dann ließ sie die Dosen fallen, legte den Handrücken an die Stirn und hauchte: »Ich werd verrickt, alles voller Zickzack!«, bevor sie theatralisch zu Boden sank.

Wäre das Monster von Loch Ness im Dorfbrunnen aufgetaucht, es hätte kein größeres Tohuwabohu verursachen können. Ein empörter Schrei aus hundert Kehlen hallte über den Platz, Bewegung kam in die erstarrte Menge. Bleibier versuchte, den polizeilichen Überblick zu behalten. Die ersten Worschtbrote flogen in hohem Bogen durch die Luft, einige Grumberger beugten sich neben die Bänke und machten würgende Geräusche. Andere rannten zu Winzer Ansgar, um sich möglichst rasch einen desinfizierenden Schoppen eingießen zu lassen. Bertl Bopp stürzte zu seinem Stand, ließ seine ohnmächtige Frau links liegen und griff fahrig nach den ungeöffneten Wurstdosen. Die verzweifelten Falten auf seiner Stirn waren Abbilder der Zickzacklinien, die ihm allenthalben entgegengleißten. Annalena und die anderen beiden schleuderten Flugblätter in die Luft und machten sich vom Acker, bevor der Volkszorn sie einholen konnte.

»Achgottachgott, mei Herz!« Die Bickel Elfriede zitterte zum Doktor Seiler, schaffte es aber gleichzeitig, keinen Tropfen ihres übervollen Glases zu verschütten. »Gert, die hawwen uns vergiftet! Alle mitenanner, achgottachgott, des iwwerlebt kenner hier im Dorf. Grumberg … ausgelöscht!«

Bleibier atmete durch und nahm aus einem herrenlosen Dubbeglas neben sich einen Schluck. Die Armageddon-Stimmung teilte er nicht ganz, bis jetzt war selten jemand an ein paar veganen Bissen gestorben. Aber was für ein Auftritt! Klar, nach den Buchstaben des Gesetzes handelte es sich um Einbruch und Diebstahl, doch er zog den Hut vor den VMGlern, ein solches Husarenstück einzufädeln. Und er musste ehrlicherweise zugeben, dass ihm die Brote gut geschmeckt hatten. Probeweise griff er nach einem Teller, den jemand mit angeekeltem Gesicht weggeschoben hatte. Ein Lewwaworschtebrot lag da, die Wurst nicht sehr üppig, nur fingerdick. Na, da hatte die gute Frau Bopp mal wieder versucht zu sparen. Er roch bewusst, stippte die Zunge daran, kratzte mit den Schneidezähnen ein wenig ab und schwenkte den halben Bissen im Mund wie ein Sommelier den Wein. Der Geschmack war gut, saftiges Pfalzfleisch, kräftig gewürzt, herzhaft im Biss, zart im Abgang. Das Bouquet erzählte von Sommerwiesen, von glücklichen Schweinen und einem Bauersmann mit Latzhose und Strohhalm zwischen den Zähnen. Perfekt, eigentlich. Er nahm noch einen Bissen und noch einen. Bei diesem veganen Wutzersatz bräuchte die Welt von heute an kein Fleisch mehr, das stand außer Frage.

Der Abend brach herein, die Mücken tanzten als Schleier im letzten Licht, der Duft nach warmer Erde füllte die Luft. Bleibier saß erwartungsvoll auf seiner Terrasse. Für eine überraschende Hungerattacke stand eine Halbpfund-Dose Schwartemage ohne verräterische Zickzacklinie griffbereit. Das Dubbeglas daneben hatte noch einen guten Füllstand, er wollte bei Sinnen bleiben.

Das Sommerfest war nach dem Knalleffekt der VMG nicht wieder in Schwung gekommen. Die Bürger hatten den Fuchselouis in den Senkel gestellt und ihm wortreich klargemacht, dass seine Erziehung bei Annalena völlig in die Hose gegangen war. Er war schließlich beleidigt von dannen gezogen. Metzger Bopp hatte apathisch über dem Tresen gehangen und seiner verlorenen Ehre nachgejammert, seine Frau den verlorenen Einnahmen. Viele Gäste waren direkt nach Hause gegangen, um den empfindlichen Pfälzer Magen mit Iberogast, Pantoprazol und Maaloxan ruhig zu stellen.

Nun lauschte Bleibier dem abendlichen Konzert der Vögel. Er hatte die Rheinpfalz neben sich liegen und eines der Flugblätter der VMG, das er vorhin vom Pflaster aufgehoben hatte. Doch für beides fehlte ihm die Muße. Gegen jedes bessere Wissen lauerte er auf seine private Halluzination, den Pelzvogel. Das Vieh hatte sich nun schon zweimal gezeigt, warum nicht ein drittes Mal? Und wenn es tatsächlich die Auswirkung einer grässlichen Krankheit sein sollte, eines Hirntumors vielleicht, dann brachte sie zumindest witzige Symptome mit sich. Bleibier hatte das gestrige Geplänkel mit seiner Wahnvorstellung genossen, zumindest soweit er sich noch daran erinnern konnte.

Irgendwann wurden die Lider schwer. Das beruhigende Summen der Insekten, die warme Luft, die zwei oder drei oder vier Schoppen auf dem Fest – all das ließ ihn unmerklich ins Reich der Träume gleiten. Mit einem Mal war er wieder jünger und fünfzehn Kilo leichter, Thea und er kicherten frisch verliebt am Ungeheuersee bei Forst, sie sah umwerfend aus in ihrem knallgelben Bikini, sein alter Kadett stand verbotswidrig im Wald und versprach ein spannendes Intermezzo auf dem Rücksitz. Gerne wäre er weiter in diesen glücklichen Tagen geblieben, er sträubte sich, als ihm ein Frösteln über die Beine strich und seine Arme kühl wurden. Dann befand er sich wieder im Hier und Jetzt, die Luft hatte ein paar Grad verloren, aus dem goldenen Abend war schwarze Nacht geworden. Kein vorlauter Vogel. Schade eigentlich. Nun, dann funktionierte der Tritschenauftritt wohl tatsächlich nur bei entsprechender Beschoppung.

Gerade wollte Bleibier aufstehen, da stockte er. Das Dubbeglas stand trocken neben ihm, die leere Wurstdose rollte ihren Deckel nach oben wie ein Blatt im Herbst. Was ging denn hier vor? Hatte er im Halbschlaf einen Imbiss zu sich genommen?

»Der Wein darf gern kälter sein. Und beim nächsten Mal dann eher Bratwurst oder Leberwurst. Schwartenmagen ist nicht so der Knaller.«

Wie aus dem Nichts saß der Vogel auf dem Tisch. Seine Bernsteinaugen glitzerten, den Kopf hielt er wie immer leicht schräg. Mit dem Schnabel stippte er an die leere Dose. »Und Pfunddosen sollten es schon sein. So halbe Sachen wie das hier, das ist typisch Hochbeiner.«

»Hochbeiner?« Bleibier fiel gerade nichts Besseres ein.

»Menschen. Hohe Beine, aber kleines Hirn«, erklärte die Elwetritsch höflich. Es entstand eine Gesprächspause, die dem Kommissar etwas peinlich war. Immerhin wollte man sein Gegenüber gut unterhalten, selbst wenn es sich nur um eine Halluzination handelte. Er räusperte sich.

»Und, hm, du kommst jetzt jeden Abend?«

»Nein.« Das Vogelwesen lockerte seine Pelzfedern, eine entspannte Schüttelbewegung lief durch seinen Körper. »Wenn du angelernt bist, bin ich immer bei dir. Morgens, mittags, abends, nachts.«

Bleibier fühlte sich ein wenig überrumpelt. Nahm die Wahnvorstellung ihn jetzt komplett in Besitz? Und kündigte es netterweise vorher an? Dann fiel ihm der erste Satz wieder ein.

»Öhm, was genau meinst du mit ›angelernt‹?«

»Angelernt ist ein Hochbeiner, wenn er uns akzeptiert. Wenn er's kapiert hat, sozusagen. Du zum Beispiel bist noch nicht so weit. Für dich bin ich eine Einbildung, du denkst, du hast zu viel gebechert oder einen Sprung in der Schüssel. Aber demnächst wirst du verstehen, dass ich echt bin. Dass wir echt sind, die Elwetritsche, dass wir so wirklich sind wie Bäume und Felsen. Tja, und dann bist du angelernt.«

Bleibier wusste nicht so recht, was er sagen sollte. Eigentlich ganz schön dreist, diese Halluzination. Er bemühte sich um einen strengen Tonfall.

»Ach ja? Ich halte dich für eine Einbildung? Dann frage ich mich, warum du dir immer Situationen aussuchst, in denen ich, hm, nicht ganz auf der Höhe bin. Letztens in der Badewanne: vier Schorle. Gestern: vier. Oder fünf sogar. Heute: wieder vier. Dann ist es doch kein Wunder, dass ich am nächsten Tag sage: ›O je, was hab ich denn da zusammenfantasiert?‹«

Die Elwetritsch schaute ihn an und schaffte es mit einer einzigen Schnabelbewegung, gleichzeitig entnervt und amüsiert zu wirken. »Es funktioniert nur auf diese Art. Ihr Hochbeiner habt nämlich ein ziemlich einfach gestricktes Gehirn. Hatte ich vorhin schon erwähnt, glaube ich. Wenn unsereins Knall auf Fall auftaucht und vor euch steht, geht schnell etwas schief bei euch oben drin. Deshalb nähern wir uns Schritt für Schritt.« Wie zur Illustration schlich das Geschöpf auf seinen Entenfüßen an Bleibier heran. »Die ersten Male immer im Rausch. Da wundert sich keiner über einen schillernden Vogel, der auch noch reden kann. Das sickert in euer Hirn, ohne es zu überlasten. Und dann kommt irgendwann die Erkenntnis: Huibuh, das ist ja keine Einbildung. Das ist ja eine echte Elwetritsch!« Mit weit aufgerissenen Augen ließ der Vogel seinen Kopf wackeln. Halblaut fügte er hinzu: »Du bist jetzt schon beim dritten Auftritt und glaubst es immer noch nicht. Kein guter Schnitt, echt nicht.«

Der Kommissar ließ die Frechheit unkommentiert und geriet ins Grübeln. Wenn sich Elwetritsche den Menschen tatsächlich über deren Promille-Level näherten, dann hatten sie es in der Pfalz nicht besonders schwer. Man musste keine großen Strecken zurücklegen, um jemanden zu finden, der bereits tagsüber an schillernde Pelzvögel glaubte. Gleich darauf schüttelte er den Kopf über seine eigenen Gedanken. Nun fing er schon an, eine Wahnvorstellung ernst zu nehmen!

Die Elwetritsch hatte sich derweilen an das leere Glas herangepirscht und klopfte mit dem Schnabel dagegen. »Ich merke schon, dass ich dich auch heute nicht anlernen kann. Wie wär's dann noch mit einem Trollschoppen? Damit du morgen wenigstens einen Grund hast, alles auf den Pfälzer Wein zu schieben.«

Leicht torkelnd erhob sich Bleibier. Es war ein interessantes Phänomen, dass ihn seine eigene Halluzination gerade aufforderte, mehr zu trinken. Denn dann würde der Wahn ja noch zulegen, oder? Ein südpfälzisches Perpetuum mobile gewissermaßen. Doch es gab noch eine zweite Frage, die ihn zum Kühlschrank trieb: Er wollte sehen, wie dieses Fantasieprodukt es hinbekam, ohne Hände, Arme und Mund ein Dubbeglas zu leeren.

»Na endlich. Und diesmal hoffentlich kälter. Prost«, grantelte die Elwetritsch und beantwortete die Frage auf eindrucksvolle Art: Sie ging vor dem Glas in Aufstellung, umfasste es mit den Entenfüßen und ließ sich auf den Puschelschwanz sinken. Den grünen Schnabel legte sie an den Glasrand und bildete damit einen Trichter. Nun fiel sie nach hinten, rollte auf dem Rücken ab und goss sich den Schoppen innerhalb einer Sekunde in den Rachen. Der Schwung brachte sie wieder nach vorne, das Glas landete auf dem Tisch, schon stand der Vogel wieder auf seinen Füßen. Das Dubbeglas war leer.

»Hätte das nicht ein Trollschoppen sein sollen?«, fragte Bleibier pikiert, um sich seine Überraschung nicht anmerken zu lassen.

»'schuldigung. Die Gläser von euch Hochbeinern sind so klein, die kann man kaum teilen.« Nach diesen Worten raschelte es, zwei Terrassenpflanzen bewegten sich, und weg war das Wesen.

Der Kommissar saß da, schaute in die Nacht und wusste nicht so recht, was er denken sollte. Zu viel Alkohol? Ein wuchernder Knoten in seiner Hirnrinde? Oder ... eine echte, wirkliche Elwetritsch? Bevor sich seine Gedanken in ein Labyrinth ohne Ausgang verwandelten, entschloss er sich zu einer Übersprungshandlung und griff nach der Rheinpfalz. Wie gut es doch tat, die alltäglichen Wichtigkeiten und Nichtigkeiten zu lesen, da blieb wenig Zeit für Tritschengrübeln. Sieh an, auf dem Weinfest in Edenkoben hatte es eine Schlägerei gegeben, ts, ts, ts. Autodiebstähle häuften sich in der Vorderpfalz, soso, da musste wohl so mancher Anilin-Chef seinen Jaguar gut im Auge behalten. Und eine Sperrung der L 506 zwischen Weyher und Burrweiler stand an, das würde auch die Grumberger Winzer ärgern, weil sie einen Umweg fahren mussten. Das Flugblatt der VMG fand automatisch seinen Weg in Bleibiers Hand, Hauptsache, das Hirn war beschäftigt. Die Vegane Manufaktur Grumberg GbR, aha, sogar eine Gesellschaft hatten sie gegründet. »Was haben Sie heute gegessen?«, fragte der Text und brachte die wütende Menge wieder in seinen Sinn. »Kein Fleisch, für das ein Tier grausam sterben musste.

Stattdessen eine kalt gepresste Mischung aus Soja, Seitan, Algen und Quinoa, mit pflanzlichem Kollagen als Bindemittel. Die genaue Mischung ist unser Geheimnis, aber alle Bestandteile stammen aus kontrolliert biologischem Anbau. VMG – alles, was die Worscht braucht!«

Bleibier starrte auf das Flugblatt und merkte, wie seine wirren Tritschengedanken in den Hintergrund rückten. Mit einem Mal war das Wort da, das er gesucht hatte. Der zerrissene Zettel. ...*inoa* – Quinoa!

Er schloss die Augen und merkte, wie sich die Puzzleteile sortierten. Der Tote im Wald hatte etwas mit der Veganen Manufaktur zu tun.

SONNTAG

Bleibier stand vor dem Stullwerk und pochte an das Tor, das aus Metallrahmen und Drahtzaun bestand. Statt Klopfgeräuschen ertönte ein Klappern.

»Hallo, jemand da? Annalena? Die Polizei hier, der Herr Bleibier.«

Eine Ecke weiter stand die Ultraveganergruppe und beäugte ihn misstrauisch. Die Männer mit Sozpäd-Bärten und die Frauen in Bioröcken hatten wieder ihr Kuhplakat dabei. Der Kommissar wusste, dass sie im Wald in einem alten Campingbus hausten. Das sollte ihm recht sein, solange sie außer Plakatschwenken keinen Ärger machten.

Annalenas Kopf erschien in der Tür zur Fabrik. Prompt fing die Ökofraktion mit ihren Rufen an: »Dosenverbot!«, krakeelten sie. »Keine Pseudowurst! Weg mit der Verarsche!«

»Annalena, ich muss mal mit dir reden. Dienstlich.«

Die junge Frau blieb halb in der Tür stehen und schaute misstrauisch herüber. »Haben Sie denn einen Durchsuchungsbefehl oder so?«

»Annalena! Nur reden, nicht die Bude auf den Kopf stellen!«

Nach einer kurzen Denkpause kam sie und schloss mit einem großen Eisenschlüssel das Tor auf. Die Ultras steigerten ihre Rufe, auf einmal flog ein Stein und knallte knapp vor Annalena aufs Pflaster. Mit zwei, drei Riesenschritten war Bleibier bei der Gruppe.

»Wer ist das gewesen?«, herrschte er sie an. Ängstliche Milchgesichter schauten ihn an, die trotz ihrer Bärte aussahen, als würden sie an der Kasse nach dem Ausweis gefragt werden. Kollektiv traten sie einen Schritt zurück und wussten nicht, wohin mit den Händen.

Er wedelte mit dem Zeigefinger. »Noch einmal so etwas, und Sie gehen alle in den Bau. Erregung öffentlichen Ärgernisses, Widerstand gegen die Staatsgewalt, unangemeldete Demonstration und versuchte Körperverletzung, das reicht für einen Haftbefehl. Habe ich mich klar ausgedrückt?« Zartes Nicken, die Augen der Frauen fingen verräterisch an zu glitzern. Wenn er jetzt noch »Buh!« gerufen hätte, wären sie wahrscheinlich heulend davongerannt. Er hoffte, dass es bei diesem Ausrutscher bleiben würde. Auf militante Power-Veggies hatte er keine Lust.

Annalena schloss hinter ihm ab, gemeinsam betraten sie das Fabrikgelände. Bleibier war vor zig Jahren das letzte Mal hier gewesen, damals hatten noch drei

Dutzend Männer an Sägen und Kränen gearbeitet und den Hof mit Lärm gefüllt. Nun sah das Stullwerk tot aus, die Fenster hingen zerbrochen im Rahmen, Vandalen hatten Blödsinn an die Ziegelmauern gesprüht.

»Gemütlich habt ihr's hier«, brummte er.

Sie zuckte mit den Achseln. »Wir brauchen Platz und machen Krach, und ab und zu riecht es nicht so lecker beim Herstellungsprozess. Das geht nicht irgendwo im Dorf in einem Wohnhaus.« Sie führte ihn durch die ehemalige Werkshalle, in der rostige Ausrüstung stand, durch die Fenster wucherte Grünzeug, ein Vogel tschilpte in den Eisenstreben der Decke. Im hinteren Teil waren die ehemaligen Büros untergebracht, hier standen neue Feldbetten und Ikeamöbel. Eine Spülschüssel mit Geschirr und ein Gaskocher machten den Eindruck einer Kommune perfekt.

»Roberto kennt jemanden vom Eignerkonsortium der Fabrik, deshalb dürfen wir mietfrei hier sein. Da nehmen wir ein paar kaputte Scheiben gern in Kauf.«

»Roberto?«

Eine Stimme ertönte aus den Büroräumen. »Das bin ich.«

Der schlanke, dunkelhaarige Mann trat hervor. Er hatte nach Künstlerart einen Schal um seine Schultern geworfen und gab Bleibier die Hand, die sich weich anfühlte. »Ich habe die Vegane Manufaktur gegründet. Hallo.«

»Und er ist Biochemiker. All die Neuerungen, die Rezepte, die Mischungen, das hat er gemacht.« Annalenas Stimme platzte fast vor Stolz, ihr Blick auf Roberto sprach Bände. Die beiden waren ein Paar, da brauchte Bleibier keine großen Ermittlerfähigkeiten.

»Soso. Und hier in der Fabrik, da macht ihr all das, den Fleischersatz, das Einwecken in die Dosen und so?«

»Ja, wir haben ganz schön investiert.« Roberto winkte ihn mit sich. In einem Nebenraum standen Säcke, Kanister und Plastikflaschen, eine Art Mini-Labor war eingerichtet, daneben erkannte Bleibier eine Dosenpresse. »Zum Glück hat unsere Crowdfunding-Aktion einiges an Geld gebracht, damit konnten wir uns für den Anfang gut ausstatten.«

Bleibier drehte eine der Dosen in der Hand. Sie sah hundert Prozent echt aus, wie eine Pfälzer Wurstdose eben, sogar der geschnörkelte gelbe Schriftzug »Hausmacher« fehlte nicht. Nur am Boden verriet die winzige Zickzacklinie den wahren Inhalt.

»Und was ist jetzt genau drin in eurer Wunderwurst? Auf dem Flugblatt haltet ihr die Zutatenliste ja eher knapp.«

»Betriebsgeheimnis«, meinte Roberto kühl. »Die Mischung und die Trägerstoffe sind das Einzigartige daran, das gibt den Geschmack und das Bissgefühl, das sich von Fleischprodukten nicht unterscheiden lässt.«

»Trotzdem eine gewagte Sache, die ihr da auf dem Fest veranstaltet habt. Mit ein bisschen Pech hättet ihr ein paar Kopfnüsse abkriegen können. Oder Schlimmeres.«

Annalena trat nach vorne. »Wer etwas verändern will, muss mutig sein.« Sie versprühte Revoluzzertum, es fehlte nur, dass sie die Faust hob wie weiland Che Guevara. »Wir können nicht weiter zuschauen, wie unsere Mitgeschöpfe gequält werden. Es muss sich etwas tun!«

Der Kommissar versuchte, das Gespräch auf den toten Mann zu lenken. »Seid ihr eigentlich sonst noch jemandem auf die Füße getreten außer den Leuten beim Dorffest? Ich meine, gab's mal Streit mit jemandem? Oder kommt ihr mit euren Ideen einer anderen Firma in die Quere?«

Roberto war auf der Hut. »Warum?«, fragte er vorsichtig.

Bleibier machte ein unschuldiges Gesicht. »Nur so. Ich könnte mir vorstellen, dass es andere Unternehmen gibt, die auf der veganen Schiene unterwegs sind und sich nicht unbedingt freuen über einen Newcomer. Könnte ja sein, dass mal jemand vorbeigeschaut hat.«

Der schwarzhaarige Mann schüttelte entschieden den Kopf. »Wir sind ziemlich einzigartig. Die meisten anderen machen, wenn überhaupt, vegetarische

Wurst. Da ist dann Molke drin und Kasein und so etwas. Echte vegane Wurst ist superselten. Und die paar Sorten, die es in den Geschäften gibt, schmecken wie Sägespäne.«

Nahtlos übernahm Annalena. »Wir sind neu, und wir sind gut. Wir erschaffen quasi unser eigenes Segment und werden den Markt damit umkrempeln.«

Große Töne für Unternehmer, die in Feldbetten neben Billy-Kommoden hausten. Bleibier musste feststellen, dass es der VMG nicht an Selbstbewusstsein mangelte. Er spürte die Anwesenheit eines weiteren Menschen und drehte sich um. Im Eingang zum Produktionsraum stand der Dritte im Bunde, die muskulöse Halbglatze. Seine runde Brille sah aus wie Spielzeug in dem breiten Gesicht mit zusammengekniffenen Augen, die Brauen bildeten eine buschige Linie.

»Probleme?«, knurrte er und schob sich in den Raum. Er war zwar einen halben Kopf kleiner als Bleibier, aber doppelt so breit. Im Geiste ordnete dieser die Rollen innerhalb der VMG: Roberto gab den Denker und Visionär, Annalena hatte das hübsche Gesicht und das Feuer für die passende Außenwirkung, der Brocken schleppte das Material und die Geräte, die für die vegane Verwurstung nötig waren.

»Nein, Benno, alles okay.« Annalena machte eine beschwichtigende Handbewegung. »Herr Bleibier, das ist Benno, der Halbbruder von Roberto. Die beiden haben das Start-up gemeinsam gegründet, er unterstützt die Idee einer veganen Wurst genauso wie Roberto und ich. Benno, das ist Herr Bleibier von der Polizei. Aber nicht wegen was Speziellem, sondern nur so. Er ist aus dem Dorf, und ich kenne ihn schon ewig. Vorhin, da haben die Körneridioten draußen einen Stein nach mir geworfen, und er hat mich gleich in Schutz genommen.«

Benno schaute zu Roberto, als warte er auf Befehle. Fast unmerklich schüttelte dieser den Kopf, das Kraftpaket blieb in der Tür stehen und rührte sich nicht. Doch der Kommissar zweifelte keine Sekunde daran, dass er auf einen Wink hinausgerannt wäre, um die Bartträger ungespitzt in den Boden zu rammen. Er kam Bleibier vor wie ein Bullterrier, den Roberto an der Leine hielt. Wehe, wenn er losgelassen wurde.

»Wenn es für euch in Ordnung ist, spaziere ich noch ein bisschen herum. Bin schon ewig nicht mehr hier gewesen.« Er schickte ein kleines Lächeln nach. »Kindheitserinnerungen.«

Roberto breitete die Arme aus. »Nur zu, Herr Kommissar. Wir haben nichts zu verbergen.«

Bleibier ging durch die Werkshalle nach draußen. Der Wind hatte Plastiktüten zwischen die alten Sägemaschinen geweht, alles sah nach Verfall aus. Schade, dass die Holzverarbeitung in der Pfalz so niederging.

Leerstehende Fabriken wie das Stullwerk gab es häufig, die meisten verfielen, weil niemand etwas damit anzufangen wusste. Überhaupt, das produzierende Handwerk hatte in den abgelegenen Gebieten zu kämpfen, er dachte an die kränkelnde Schuhindustrie in Pirmasens, die »Permasenser Schlabbeflicker«. Billigkram aus Fernost flutete die Läden, die Leute kauften im Internet Schuhe für zwölf Euro und beklagten sich dann, wenn sie ihnen drei Monate später von den Füßen fielen.

Bleibier kam an der Rückseite des Gebäudes an, wo der Hügel anfing und sich schlanke Tannen in den Himmel erhoben. Was genau er suchte, wusste er nicht. Kriminalrat Keilhauer hatte ihm verraten, dass der Tote ein Privatdetektiv gewesen war, einer der zwielichtigen Sorte. Auf dem Zettel stand eine der Zutaten der Veganwurst. Warum? Hatte jemand den Schnüffler beauftragt, um die genaue Zusammensetzung der Wurst herauszufinden? Oder sollte er nach einem Haar in der Suppe suchen, nach etwas, was die VMG diskreditieren würde? Aber was wollte er dann oben im Wald?

Dass ein Vogelwesen mit pelzigen Federn und grünem Schnabel neben ihm watschelte, fiel ihm mit reichlich Verspätung auf. Er machte einen Satz zur Seite.

»Bisschen schreckhaft heute, was?« Die Elwetritsch warf ihm einen schiefen Blick zu.

»D… du … du bist …«, stotterte Bleibier und wäre fast über seine Füße gestolpert.

»… Wirklichkeit. Ach nee. Sag bloß.« Mit einem Flügelschlag flatterte die Tritsch auf ein rostiges Förderband und brachte sich damit auf Augenhöhe mit dem Kommissar.

Bleibier stand da wie vom Donner gerührt. Verzweifelt suchte er nach Gründen, die das fedrige Ding mit dem Geweih erklären konnten. Eine verspätete Ausnüchterung? Dämpfe aus der veganen Wurstküche, die er unbemerkt eingeatmet hatte? Doch gleichzeitig realisierte er, dass das Wesen echt war. Eine Elwetritsch. Der Pfälzer Sagenvogel, um den sich Mythen rankten und den bis dato noch niemals jemand zu Gesicht bekommen hatte.

»Mir ist das zu blöd mit den Abendnummern«, erklärte der Vogel. »Ich kann wahrscheinlich noch zehnmal bei dir auf der Terrasse hocken, und du rennst am nächsten Morgen wieder nur mit ungläubigem Gesicht herum.«

»Und … und jetzt?«

Die Elwetritsch bewegte ihren Schnabel auf eine Art, die wohl das Pendant zum menschlichen Schulterzucken war. »Jetzt bleib ich bei dir und schaue mir an, was ihr Hochbeiner den lieben langen Tag so macht.«

»Wieso? Warum? Was hast du davon?«

Der Pelzvogel setzte zu einer Erklärung an, da erklang eine Stimme und ließ den Kommissar herumfahren.

»Herr Bleibier! Einen Moment noch!« Annalena bog um die Gebäudeecke. Panisch sprang der Kommissar einen Schritt nach vorne, um die Elwetritsch mit seinem Körper zu verdecken – doch der Platz auf dem Förderband war leer. Er glotzte perplex, bis Annalena ihn erreichte und vorsichtig anstupste.

»Alles klar, Herr Bleibier? Sie sind ein bisschen blass.«

»Nein, schon gut, ich eh …«, er straffte sich. »Ist ein bisschen Kreislaufwetter heute.« In ihrem Blick konnte er lesen, dass die Ausrede danebenging. Seit Wochen lag ein stabiles Hochdruckgebiet über der Pfalz, die Tage waren sonnig und kein bisschen schwül. Kreislaufkonformeres Wetter gab es nicht.

»Ich will Sie nicht stören. Haben Sie vielleicht noch eine Minute?«, fragte sie schüchtern. Bleibier nickte. Aus heiterem Himmel fiel ihm auf, dass sie ihn siezte und er ganz selbstverständlich du zu ihr sagte. Na klar, er kannte sie seit ihrer Babyzeit, ein Kind, das man mit Du ansprach und ermahnte, wenn es über die Straße rannte, ohne sich umzuschauen. Er hingegen war für sie immer ein Erwachsener gewesen, den man höflich grüßte und zu dem man Sie sagte. Das hatte sich bis heute nicht geändert. Er schmunzelte. Manche Kinder- und Erwachsenenrollen steckten so tief im Inneren, dass sie erhalten blieben, egal, wie alt man wurde.

»Sie hatten doch gefragt, ob jemand Fremdes hier gewesen ist in letzter Zeit. Mir ist noch was eingefallen, nämlich: Vor ein paar Tagen, da hatten wir tatsächlich komischen Besuch. Ein Mann vom Gesundheitsamt Neustadt, das hat er zumindest gesagt. Er müsse die Produktionsanlagen überprüfen. Sein Ausweis sah echt aus, ich hätte ihn fast reingelassen, aber Roberto ist bei so was ziemlich auf Draht. Er hat darauf bestanden, erst beim Gesundheitsamt anzurufen und sich den Besuch bestätigen zu lassen. Da hatte es der Typ auf einmal ganz eilig und meinte, ihm wäre gerade ein anderer wichtiger Termin eingefallen.«

Bleibier musste nicht lange nachdenken. »Mittelgroß, blaue Augen, schiefe Nase?«

»Ja, genau. Kennen Sie ihn?«

»Hab ihn mal im Wald gesehen, aber er war ziemlich kühl«, meinte der Kommissar zweideutig. »Danke, Annalena. Meld dich bei mir, wenn was los ist oder nicht richtig läuft. Du kannst immer vorbeikommen, das weißt du ja.«

»Das ist lieb, Herr Bleibier«, flüsterte sie und war wieder das kleine Mädchen von früher. Sie erinnerte ihn an Susanne, die genauso zwischen diesen beiden Welten wechselte: eben noch die taffe junge Frau, die alles wusste und konnte, in der nächsten Sekunde das großäugige Kind, das er am liebsten an sich gedrückt und vor der bösen Welt beschützt hätte. Er schaute ihr nach, wie sie um die Ecke bog und verschwand.

Für zwei Sekunden schloss er die Augen und traute sich kaum, einen Blick auf das Förderband zu werfen. Der Vogel überforderte seine Wahrnehmung. Doch das rostige Gestänge war leer. Vorsichtig schob er sich einen Schritt nach vorne. Nichts, keine schillernden Pelzfedern. Und nun? Doch nur eine Einbildung? Im Zeitlupentempo ging er in Richtung Gebäudefront und schaute sich bei jedem Schritt um.

»Bisschen schneller, sonst versäumst du die große Sause auf der Straße.« Die Stimme kam aus einem Busch neben ihm und ließ ihn zusammenfahren. Er beugte sich vor, sah aber nichts außer Ästen und Blättern.

»Was … wo … äh?«

»Klare Fragen sind heute nicht so deine Stärke, oder? Ich geb dir einen Tipp: mehr als ein Wort nutzen, dann kriegt man auch eine vernünftige Antwort.«

Es raschelte im Gebüsch, plötzlich erkannte Bleibier den grünen Schnabel und die bernsteinfarbenen Augen inmitten der Zweige. Er riss sich zusammen.

»Was für eine Sause? Was für eine Straße?«

»Hallo? Ihr Hochbeiner habt riesengroße Ohren, unübersehbar am Kopf dran. Wie wär's, wenn du deine mal nutzt?«

76

Folgsam spitzte Bleibier die Ohren. Tatsächlich, er hörte etwas, was die Tritsch wohl schon viel früher wahrgenommen hatte. Ein schrilles Kreischen, weit entfernt, dann ein Scheppern. Und riefen da nicht Menschen? Er ließ den Busch Busch sein und rannte zum Tor, während die Geräusche lauter wurden. Die drei VMGler standen dort und schauten alarmiert nach draußen auf die Straße. Bleibiers Augen wurden groß.

Auf einem der Wirtschaftswege, die vom Wald herabführten, erschien der weiße Bus der Mainzer Studenten. Das Gefährt raste in halsbrecherischem Tempo den engen Weg hinab, hin und wieder setzte der Unterboden auf und ließ ein blechernes Kratzen hören. Aus den geöffneten Scheiben hingen die jungen Leute heraus, ihre Arme wedelten verzweifelt. Professor Wagenburck saß am Steuer und versuchte mit waghalsigen Lenkbewegungen, den Bus auf Spur zu halten.

»Die Bremsen!«, schrien die Studenten. »Die Bremsen funktionieren nicht!«

Bleibier stieß Annalena und ihre Freunde zur Seite und rannte nach draußen. Das Stullwerk lag am oberen Ortsausgang von Grumberg, die Straße führte von hier aus in Kehren hinab zur Dorfmitte. Das würde der rasende Kleinbus nicht schaffen.

»Serpentinen fahren!«, brüllte er in Wagenburcks

Richtung und drehte an einem imaginären Lenkrad. »Rechts, links, das bremst den Schwung!«

Der Professor versuchte es. Inzwischen rollte das Gefährt vom ungeteerten Wirtschaftsweg auf die asphaltierte Straße, es zog eine Staubfahne hinter sich her und geriet gefährlich ins Schlingern, als Wagenburck Schlangenlinien fuhr. In das Angstgeheul der Studenten mischte sich das Quietschen der Reifen. Der Bus schoss an Bleibier vorbei, der Kommissar rannte, als wäre der Teufel hinter ihm her. Es war glasklar, dass die Sache in einer Katastrophe enden würde. Ohnmächtig musste er mit ansehen, wie der Wagen in der ersten Kurve ausbrach und auf das Grundstück von Marlies und Heribert Hussong zuraste. Die Hussongs hielten auf ihrem Hof Hühner, diese pickten arglos vor sich hin und ahnten nicht, dass zwei Tonnen Blech auf sie zugerast kamen.

»Festhalten!«, konnte Bleibier gerade noch rufen, da knallte der Bus auch schon durch den Holzzaun. Mit wildem Gackern stoben die Hühner auseinander, die Studenten schrien, Stroh wirbelte durch die Luft. Das Gefährt mähte den Stall nieder, dann wurde es langsamer, bekam Schräglage und legte sich wie ein müder Krieger auf die Seite. Dampf quoll aus dem Kühler. Das Geflügel beruhigte sich rasch und pickte weiter, als wäre nichts geschehen, nur eine Henne humpelte mit hängendem Flügel vom Bus weg, ihr Gackern klang empört. In der Tür zum Hof erschienen Marlies und Heribert, sie mit Lockenwicklern und geblümtem Bademantel, er im Feinripp mit Boxershorts, die nur das Allernötigste verdeckten.

»Gmoje, Marlies, gmoje, Heri. Viel los heit frie bei eich«, grüßte Bleibier im Vorüberrennen, die beiden nickten perplex zurück. Er erreichte den Bus und stellte mit Erleichterung fest, dass sich die jungen Leute im Inneren schon sortiert hatten. Es gab Kratzer und Beulen, aber niemand schien ernsthaft verletzt zu sein. Mit ausgestreckten Armen half er den Mainzern aus den offenen Fenstern, die durch die Seitenlage des Busses nun nach oben zeigten. Als Letztes kam Professor Wagenburck. Er schaffte es kaum heraus und kippte in Bleibiers Arme.

»Was ist passiert, was ist denn mit den Bremsen los?« Der Kommissar schüttelte ihn, um seine Benommenheit zu vertreiben.

»Keine … keine Ahnung«, stammelte der Schrat. »Wir sind ganz normal losgefahren, oben beim Ludwigsturm, und auf einmal konnte ich das Pedal durchtreten bis runter. Die Handbremse hat nicht viel gebracht bei dem Tempo, also ging's bergab.« Seine Augen verdrehten sich, er sackte zusammen. Bleibier lehnte ihn gegen den Bus und merkte, wie sich ein ungutes Gefühl in ihm zusammenbraute. Schon wieder ein merkwürdiger Vorfall in Grumberg. Ein Toter und ein versagendes Bremssystem innerhalb von zwei Tagen – das lag weit außerhalb der Statistik, dafür brauchte er kein Mathematikstudium.

Bald schon waren die Studenten und der Professor versorgt, Doktor Seiler legte den letzten Verband an. Hinter ihnen stand der Hussong Heri mit dem flügellahmen Huhn im Arm und wartete geduldig. Da es in Grumberg keinen Tierarzt gab, übernahm der Doktor diesen Job gleich mit. Die Henne, so hatte Bleibier erfahren, hieß Mathilde, war vier Jahre alt und hatte wahrscheinlich einen gebrochenen Flügel davongetragen. Das interessierte ihn im Moment allerdings eher wenig. Er winkte einen gelben Abschleppwagen rückwärts an den Garten heran. Das Gefährt gehörte Dietmar, dem Mechaniker, es hatte grobe Stollenreifen und so viel Platz auf der Ladefläche, dass er damit sogar Traktoren aus dem Wingert holen konnte. Ditze knallte die Tür zu, die beiden Männer gingen zu dem umgestürzten Kleinbus.

»Guggemol do, was en Klumbatsch.« Mit dem Finger fuhr Ditze über die Bremsscheiben und zog ihn schwarz zurück. Sogar Bleibiers amateurhaftes Technikverständnis genügte, um zu sehen, dass der Zahn der Zeit hier genagt hatte. Die Unterseite des Fahrzeugs rostete vor sich hin, hier und da bröckelte etwas, es roch nach heißem Öl und nach Kupplung. Mit einem Tuch wischte Ditze einige Schläuche ab und

fuhr ihren Verlauf mit der Hand nach. »Die Bremslei-
dunge un die Züg sin in Ordnung so weit«, murmelte
er eher zu sich selbst. »Also, ich ded sage, die Brems-
backe sin durchgeglüht.«

Bleibier täuschte Ahnung vor, indem er an einem
der Schläuche zupfte.

»Und das passiert einfach so? Von jetzt auf gleich?«

»Wonn des Bussl voll is mit Leit, un die kurven do
owwe in de Higgl rum stunnelong, dann wern irgend-
wonn die Backe heiß. Dann greifen se nimmi, die Brems-
kraft is weg, un dann hoschd ganz schnell e Problem.«
Der Mechaniker rappelte sich auf, Gras und Hühner-
futter rieselten von seinem Blaumann. Marlies Hussong hatte auf den Schreck hin eine Flasche Trester
und einige Gläser auf die Überreste des Hühnerhauses
gestellt. Professor Wagenburck goss sich gerade den
zweiten ein, Ditze ging hin und leistete ihm Gesellschaft.

Der Kommissar blieb in der Hocke und schaute nachdenklich auf die öligen Eingeweide des Kleinbusses. So
alt, wie diese Kiste war, klang Ditzes Erklärung durchaus einleuchtend. Aber trotzdem …

Es raschelte neben ihm, wie aus dem Hut eines Zau-
berers erschien die Elwetritsch. Bleibier fühlte sich, als
würde er in zwei Wirklichkeiten feststecken: Rechts
standen Ditze, die Hussongs und die Studenten, links
hockte ein pfälzischer Fabelvogel mit Stielaugen und
Puschelschwanz.

»Was ist los? Warum ist das Auto hier reingefahren?«, fragte die Tritsch. Bleibier räusperte sich übertrieben, um ihre Stimme zu übertönen, dann hielt er die Hand ans Kinn, damit niemand seine Mundbewegungen sah.

»Die Bremsen sind heiß gelaufen. Das sagt zumindest unser Schrauber.«

Der Vogel antwortete nicht, stattdessen machte er eine Flatterbewegung und hing auch schon am Boden des umgefallenen Busses. Eilig rückte Bleibier heran, um die Szenerie mit seinem Rücken zu verdecken.

»Was machst du denn da?«, zischte er. Die Elwetritsch beachtete ihn nicht und fing an, mit ihrem biegsamen Schnabel hörbar zu schnüffeln. Sie folgte den Schläuchen, die Ditze vorhin geputzt hatte – die Bremsleitungen, wie Bleibier wusste. Mit ihren platten Entenfüßen hing sie fest im Gestänge des Wagenbodens, als hätte sie Klebstoff darunter, geschickt kletterte sie über Rohre, Achsen und Blattfedern hinweg, den Schnabel immer an den Leitungen. Der Kommissar schaute gespannt zu. Wenn das Riechorgan bei Elwetritschen so gut funktionierte wie ihre Ohren, folgte das Wesen vielleicht unsichtbaren Tropfen von Bremsflüssigkeit oder etwas Ähnlichem, was der menschlichen Wahrnehmung verborgen blieb.

Wie ein Trüffelschwein mit Flügeln schnupperte die Tritsch weiter, verschwand fast in einem der Radkästen und rumorte darin. Bleibier hustete wieder, damit niemand stutzig wurde. Schließlich tauchte sie auf, ein Ende der Bremsleitung im Schnabel. Mit einer herrischen Kopfbewegung brachte sie den Kommissar dazu, den Schlauch festzuhalten, dann ließ sie sich zur Erde plumpsen und wischte den öligen Schnabel am Grasboden ab.

»Lecker«, grummelte sie und spuckte aus. Bleibier achtete nicht auf den Vogel, sondern beugte seinen Kopf ganz nah an den Schlauch heran.

Ditze hatte unrecht gehabt, die Bremsbacken waren nicht schuld gewesen an dem Unfall. Jemand hatte die Bremsleitung des Busses fein säuberlich durchgeschnitten.

MONTAG

»Wir haben ein Problem, und zwar ein ganz großes!«
Manne zeigte auf den Bildschirm.

Bleibier saß an seinem Schreibtisch in der Wache 1,
umzingelt von Unterlagen. Er versuchte, mehr über
die Veganwurster zu erfahren und hatte die Anmel-
depapiere der GbR vom Bürgermeisteramt geholt.
Gleichzeitig blätterte er in einem Infoheft der Uni
Mainz, das vor Wochen hereingeflattert war. Darin
wurden die Hintergründe des Geografieprojekts
erläutert, er hatte allerdings kein Wort davon gelesen.
Ein Gedanke spukte in seinem Kopf herum, etwas,
was mit Professor Wagenburck und seinen Studenten zu tun hatte, doch er bekam ihn nicht zu fassen.
Beiläufig murmelte er: »Eh, was? Wir haben ein Problem? Was denn?«

»Ein Virus! Es ist ein Virus auf dem Ding!«

Bleibier fuhr von seinen Papieren hoch. »Nää!«
Ein Virus auf ihrem antiquierten Win98SE-System
stellte tatsächlich ein Problem dar, weil die modernen
Antivir-Programme darauf nicht mehr liefen. »Wie
kommst du denn darauf?«

»Na hier!« Wieder zeigte Manne auf den Röhren-
monitor. »Da hat mir jemand eine Mehl geschrieben,
aus Russland, und der sagt, dass bei uns ein Virus
ist. Aber haldemol, da gibt's auch gleich Hilfe.« Mit
zusammengekniffenen Augen las er vor: »*Laden sie
jetzt herunter fur Sicherheiten ihres Anwendungen
gratis.* Steht hier. Also klicke ich jetzt auf diesen Pfeil,
oder?«

»Nein!«, brüllte Bleibier, dass die Wände wackel-
ten. »Lösch die ›Mehl‹, und zwar sofort!« Er atmete
tief durch. Es war eine Sisyphusarbeit, Polizeimeister
Manfred Blümlein den Begriff »Spam« nahezubrin-
gen. Immer wieder kam Manne mit neuen Geschichten – einmal hatte er eine sagenhafte Summe bei einer
Lotterie gewonnen, obwohl er sich nicht daran erinnern konnte, mitgespielt zu haben. Ein anderes Mal
freute er sich, einen Doktortitel zu erlangen, indem
er einfach nur ein Formular herunterlud. Und letztens machte er voller Empörung klar, dass er bei Gott
keine Penisverlängerung nötig hätte, da könne jeder
bei seiner Frau Gerda nachfragen. Bleibier hatte ihn in
letzter Sekunde daran gehindert, dem Anbieter »cialis-
viagra24onlinestore« eine gepfefferte »Mehl« zurück-
zuschreiben.

Der Kommissar seufzte. An konzentriertes Arbei-
ten war nun nicht mehr zu denken, Mannes Internet-
abenteuer machten ihn nervös. Die nebulöse Erin-

nerung an Professor Wagenburck wollte einfach nicht deutlicher werden, außerdem schlich sich der Gedanke an das Pelzfederwesen immer wieder heran. Eine Elwetritsch. Was wusste er eigentlich über diese mystischen Vögel, die als heimliches Wappentier der Pfalz galten? Nicht viel, musste er zu seiner Schande gestehen. Da fiel ihm eine vorzügliche Quelle für regionale Sagen und Legenden ein.

»Hier, Manne, sag mal, du kennst dich doch bestimmt mit Elwetritschen aus, oder?«

Der stämmige Polizeimeister setzte sich aufrecht hin.

»Aber sicher. Ich bin sogar Kassenwart im Südpfälzer Verband zum Schutz der Tritschenkultur e.V.«

»Saach bloß.« Bleibier staunte. Es gab Dinge, von denen er trotz der langjährigen Zusammenarbeit mit Manne keine Ahnung hatte.

»Na ja, allzu groß ist der Verein allerdings nicht.«

»Wieso, wie viele seid ihr denn?«

Manne druckste. »Drei. Aber wir waren mal viel mehr, zwölf Leut. Bei der Gründung. 1985.«

»Aha, na gut. Und wer oder was ist so eine Elwetritsch denn jetzt?«

Sein Kollege rückte eifrig auf die Stuhlkante vor. Er genoss es sichtlich, mehr zu wissen als sein Vorgesetzter.

»Also, bass uff. Eine Elwetritsch, die ist zur Hälfte Vogel, zur Hälfte Waldgeist. Und zwar: Es ist immer mal wieder vorgekommen, dass die Kobolde und Elfen im Pfälzerwald ein bisschen Lust auf Abwechslung gekriegt haben. Dann sind sie an die Höfe geschlichen und haben dort mit den Viechern, also mit den Gänsen und Enten und Hühnern ... du weescht schunn.« Er machte mit den Händen eindeutige Bewegungen. »So, und daraus sind dann die Tritschen geworden. Das sieht man ihnen auch an, sie haben was von einem Vogel, aber nur entfernt. In Neistadt, am Elwetritschebrunne, da sind sie gut getroffen. Sehr gut sogar.«

Wie jeder Pfälzer kannte Bleibier den Brunnen am Neustadter Marstallplatz, der bronzene Elwetritsche inmitten von Wasserspielen zeigte. Früher, als Susanne noch klein war, hatten sie öfter Ausflüge dorthin gemacht, Eis geschleckt und sich Geschichten zu den Figuren ausgedacht. Mit dem neuen Bildungsgrad, den Bleibier seit einigen Tagen innehatte, musste er dem Bildhauer Gernot Rumpf wegen gestalterischer Freiheiten allerdings eine Note abziehen – Tritschen hatten keine Ohren im Micky-Maus-Format, keine spitzen, langen Schnäbel und erst recht keine Schwänze, die an einen Pfau erinnerten.

»Jedenfalls«, fuhr Manne fort, »die Elwetritsche legen Eier, klar, sind ja Geflügel, also, irgendwie. Aber die Eier, mit denen passiert was ganz Besonderes, weil: Die wachsen. Die wachsen erst noch ein gutes Stück, bevor das Tritschenkind dann schlüpft.«

»Is net woa. Und warum?«

Der Polizeimeister schaute Bleibier unschlüssig an. Anscheinend hatten weder er noch der Verband zum Schutz der Tritschenkultur e.V. sich jemals diese Frage gestellt.

»Äh, also, weil das halt so ist«, begründete er etwas lahm und rettete sich schnell auf sicheres Terrain. »Jedenfalls, alt werden die Elwetritsche, sehr alt, und leben tun sie ganz abgeschieden tief im Pfälzerwald. Deshalb sieht man sie nur ganz, ganz selten.«

Nun ja, dachte Bleibier. Vorsichtig fragte er: »Und dass die Tritschen oder zumindest eine davon sich einem Menschen zeigt oder vielleicht sogar mit ihm redet, gibt's das?«

Sein Kollege schaute ihn an, als hätte er ihm vom Weihnachtsmann erzählt. »Hä? Warum sollten die so was machen?«

Der Kommissar tat das Thema mit einem Winken ab, fragte sich insgeheim aber dasselbe. Die beiden Polizisten wandten sich wieder ihrer Arbeit zu. Doch Bleibier hatte mehr Fragen als Antworten im Kopf. Nachdenklich schaute er Manne zu, der mit Zeitlupenfingern einen Text in den PC hackte und die Worte halblaut mitsprach.

Auf eine nostalgische Art hatte Bleibier die Ausstattung der Wache 1 lieb gewonnen: das cremefarbene Telefon mit Spiralkabel und dicken schwarzen

Nummerntasten. Den Drucker, dessen Patronen es nur noch als Restposten bei eBay gab. Das Fax, das so langsam war, dass man die Dokumente eigentlich auch zu Fuß von A nach B bringen konnte. Es wäre eine Schande, wenn all das der von Neustadt angestrebten Zentralisierung zum Opfer fallen würde.

Als hätte er mit seinen Gedanken einen Geist heraufbeschworen, klingelte das Telefon. Kriminalrat Keilhauer.

»Bleibier, ich warte noch auf Ihren Bericht über den groß angelegten Weindiebstahl vor drei Tagen.« Mit hämischem Unterton fügte er hinzu: »Ist ja eine Riesenausnahme, dass bei Ihnen überhaupt mal was passiert.«

»Aber nicht doch, Herr Kriminalrat. Gerade gestern hat es einen Unfall mit einem schwer verletzten Opfer gegeben.«

»Aha. Was ist los gewesen?«

Der Kommissar ließ die Ereignisse des Sonntags Revue passieren und legte sich ein paar Sätze in bestem Beamtendeutsch zurecht. »Aus noch ungeklärten Gründen kam ein Kleinbus ins Schleudern, durchbrach eine Befestigung und zerstörte ein Gebäude. Zahlreiche Anwesende konnten sich rechtzeitig in Sicherheit bringen. Bis auf eine Ausnahme, leider.«

»Männlich, weiblich?«, bellte Keilhauer. »Wie alt? Verletzungen? Ärztliche Versorgung?«

Bleibier überlegte, was er über das Huhn Mathilde wusste.

»Weiblich, Alter um die vier Jahre. Fraktur im oberen Rumpfbereich, ein Arzt war innerhalb von Minuten zur Stelle. Zum Glück keine Lebensgefahr.«

»Gott sei Dank«, murmelte Keilhauer.

Der Kommissar machte eine wohldosierte Pause. »Der Unfallverursacher ist ortsfremd, mir aber persönlich bekannt. Ein Automobilsachverständiger hat die Ermittlungen zur Unfallursache aufgenommen. Nein, zwei sogar. Zwei Sachverständige. Mein Bericht folgt.«

Mit einem Knurren beendete der Kriminalrat die Verbindung, Bleibier frohlockte. In diesem Augenblick spielte die Kirchturmuhr von St. Urban das Mittagsgeläut, dasselbe taten die Glocken entlang der Weinstraße und in allen Dörfern am Haardtrand. In den Wohnstuben brachten die Hausfrauen das Essen herein, im Wingert machten die Winzer eine Pause und gönnten sich ein Worschtebrod. Die Schulkinder schöpften Hoffnung, dass bald die letzte Klingel ertönen und sie in die Freiheit entlassen würde, in den Schenken konnten die Zecher ohne schlechtes Gewissen einen Aufschank ordern, denn jetzt hatte ja ganz offiziell der Nachmittag begonnen.

In der Polizeiwache 1 in Grumberg brachte der Glockenklang eine Erinnerung in das Hirn des dor-

tigen Kommissars zurück. Mit einem Mal wusste Bleibier, was Professor Wagenburck zu ihm gesagt hatte.

Das alte Buch lag groß und sperrig vor ihm auf dem
Tisch. Der Unterschied zu dem, was heute als Paper-
back auf den Wühltischen lag, hätte nicht größer
sein können. Bleibier verstand, warum in alten Zeiten Bücher als Schätze gehandelt wurden und nicht
als Wegwerfartikel.

»Sag B'scheid, Maazl, wonn noch was brauschd.«
Pfarrer Münch verließ den Nebenraum der Sakristei, die Tür knarrte und schloss sich nur widerwillig.

»Ich find mich zurecht. Danke für Ihre Hilfe, Herr
Pfarrer.« Während er sprach, horchte Bleibier seinen eigenen Worten nach. Hatte er gestern darüber
geschmunzelt, dass Annalena ihn siezte, er aber Du
zu ihr sagte? Nun verhielt es sich genau umgekehrt:
Gisbert Münch war für ihn schon von Kindesbeinen
an eine Respektsperson gewesen, die ganz selbstverständlich mit »Herr Pfarrer« angesprochen wurde,
auch heute noch. Münch hingegen hatte ihn getauft,
mit ihm Erstkommunion gefeiert und den Firmunter-
richt abgehalten. Deshalb würde Bleibier für ihn immer
der Maazl bleiben, egal, ob mit fünf oder mit fünfzig.

Ein Klappladen sperrte die Mittagssonne aus, in
den hereinfallenden Lichtstreifen tanzten die Staub-
körner. Der Kommissar war noch niemals in diesem

Kabuff gewesen, das nach alten Zeiten roch. Selbst die Sakristei hatte er nur ein einziges Mal betreten, während der Hochzeitsvorbereitungen mit Thea. Pfarrer Münch ging seinerzeit einen Augenblick hinaus, und Bleibier fiel nichts Besseres ein, als seine Hand unter Theas Bluse zu schieben. Der heilige Ort und das strenge Kreuz über der Tür gaben dem Ganzen den Reiz des Verbotenen, Theas Zurechtweisung war eher spielerisch als streng gewesen.

Der knochige Kopf des Pfarrers erschien nochmals in der Tür. Sein weißer Haarkranz wurde von hinten beleuchtet und sah aus wie ein Heiligenschein.

»Und sei vorsichtig mit denne Bücher, die sinn wertvoll.«

Bleibier nickte beiläufig. »Weiß ich doch. Die gehen zurück bis ins 17. Jahrhundert. Ist ziemlich selten.«

Die Kirchenglocken vorhin hatten ihn hierhergeführt, um den Worten des Schratprofessors nachzugehen: dass die Studenten Einsicht nehmen wollten in die Kirchenbücher von Grumberg, weil darin allerlei Informationen über die Dorfvergangenheit steckten. Im Kopf des Kommissars keimte die Idee, dass das mit den gekappten Bremsleitungen zu tun haben könnte. Waren die Mainzer auf etwas gestoßen und dadurch ins Fadenkreuz geraten?

Pfarrer Münch hatte sich gewundert, Bleibier außerhalb des Gottesdienstes in der Kirche zu sehen, ihn aber anstandslos in den Nebenraum geführt. Hier standen die historischen Bände nebeneinander im Regal, ihre dunklen, rissigen Lederrücken erinnerten an alte Zauberbücher.

Der Pfarrer wusste etwas Interessantes zu berichten: Die Studenten hätten diese Bücher eingesehen, einige Tage davor sei aber noch jemand hier gewesen, ein Lokalhistoriker aus Maikammer, so habe er sich zumindest vorgestellt. Zu seiner Überraschung konnte Bleibier diesen »Historiker« ziemlich genau beschreiben: mittelgroß, blaue Augen, schiefe Nase.

Nun fuhr der Kommissar mit dem Finger die Zeilen entlang, deren blasse Tintenbuchstaben über das damalige Leben in Grumberg berichteten. Eheschließungen, Geburten, Sterbefälle, Verwaltungsnotizen, wirtschaftliche Belange, Beschlüsse des Amtsgerichts. Anfangs tat er sich mit der altertümlichen Schrift schwer, doch mit der Zeit gewöhnte er sich daran. Was mochte der Privatdetektiv hier nur gesucht haben?

Die Lichtfinger der Klappläden wanderten durch den Raum, während die Stunden vergingen. Die Vergangenheit seiner Heimat nahm Bleibier gefangen ... Weltkriege, die Franzosenzeit, das Dritte Reich, all das hatte seine Spuren in Grumberg und in der ganzen Pfalz hinterlassen und das heutige Gesicht der Region geformt.

Plötzlich stockte er. Fast hätte er die Schnittränder übersehen, die verrieten, dass aus einem der Bücher Seiten herausgetrennt worden waren. Die Kanten fühlten sich glatt an, es konnte noch nicht lange her sein. Der Kommissar las die Einträge vorher und nachher. Frühes 20. Jahrhundert, 1902, 1903, es ging um regionale Nutzungsgrenzen und das Bewirtschaftungsrecht der Waldflächen, die zu Grumberg gehörten.

Mit dem Buch in der Hand ging er in die Kirche. Der hohe Raum lag im Halbdunkel, die Fenster aus buntem Bleiglas ließen wenig Licht herein. Der Heilige Urban erhob sich neben dem Altar, hölzern, groß, mit Bischofsstab und einem Traubenzwacken in der Hand. Er war der Schutzheilige der Weinbauern und damit der passende Patron für Grumberg. Die Legende erzählte, dass er sich einst hinter den prallen Trauben eines Rebstocks vor seinen Verfolgern verbarg. Bleibier war sicher, dass sich diese Geschichte nicht in der Pfalz abgespielt hatte, denn dort wären die Zwacken längst schon gelesen gewesen, und der heilige Mann hätte ziemlich unversteckt im Wingert gestanden.

»Herr Pfarrer? Hallo?« Der Kommissar schaute sich um. Ein Poltern aus einer der hinteren Reihen ertönte, Gisbert Münch erschien etwas derangiert zwischen zwei Kirchenbänken. Bleibier musste ein Schmunzeln unterdrücken – Hochwürden hatte wohl ein Nickerchen im kühlen Kirchenraum gemacht. Er fragte ihn nach den fehlenden Seiten, doch der Pfarrer wusste nichts darüber. Im Gegenteil, er empörte sich dermaßen über den Vandalismus, dass sich sein Haarkranz hob und die grauen Büschel wie Antennen in die Luft ragten.

Bleibier ließ ihn zetern und verließ die Kirche. Wer hatte die Seiten herausgetrennt – der Detektiv oder die Mainzer? Das ließ sich herausfinden. Die warme Nachmittagsluft empfing ihn, die Sonne lackierte Häuser und Bäume mit Gold, der Weg durch die Straßen fühlte sich an wie ein Gang über Wolken. In der Palzstubb saßen die, die immer dort saßen. Bleibier nickte ihnen zu und fragte die Krawehlin nach den Studenten.

»Die sinn heit frieh hääm noch Meenz«, berichtete sie ihm. »Habben e Großraumtaxi vun Däägäm bestellt und sich häämfahre losse.«

Im Kopf des Kommissars schrillte eine Alarmglocke. Er rief in Mainz an und ließ sich vom Sekretariat des Geowissenschaftlichen Instituts die Nummer von Professor Wagenburck geben.

»Haben Sie oder die Studenten Blätter aus dem Kirchenregister rausgetrennt?«, fragte er ohne Umschweife.

»Aber nein, natürlich nicht, wo denken Sie hin?« Der Schrat klang, als hätte Bleibier ihn des Kindsmords bezichtigt. »Es haben aber schon Seiten gefehlt, in Band sieben, das hat uns geärgert, weil es genau dort um die Flur- und Besitzkataster geht. Sie wissen ja, der normative Rahmen der frühmodernen Waldbewirtschaftung ist ...«

»Jaja, danke, das hilft mir weiter«, unterbrach Bleibier und legte auf. In Gedanken versunken ließ er sich durch die Gassen nach Hause treiben. Also hatte der Privatdetektiv die Blätter aus dem Kirchenregister geschnitten. Weshalb? Und wie passte der Unfall der Schratgruppe dazu? Schließlich gab es in den alten Büchern nichts mehr, was sie hätten finden können. Warum hatte ihnen also jemand die Bremsleitungen durchtrennt?

Der Kommissar hatte das Gefühl, für jedes gelöste Rätsel würden zwei neue dazukommen.

Eine halbe Stunde später saß Bleibier auf seiner Terrasse im Liegestuhl und wartete. Er kam sich zwar blöd vor, in seinen Garten zu starren und auf ein pfälzisches Fabeltier mit Löffelohren zu lauern. Andererseits hatten die letzten Tage gezeigt, dass es momentan eh etwas bizarr zuging in Grumberg. Am gestrigen Sonntag war die Tritsch aus dem Garten der Hussongs verschwunden und den Rest des Tages nicht mehr aufgetaucht.

Seine Hand tastete nach der Weinschorle, die er neben sich am Boden abgestellt hatte. In dem Glas, von dem er kaum einen Schluck getrunken hatte, herrschte Ebbe. Er schnaufte.

»Haha, super Trick. Kannst rauskommen aus deinem Versteck.«

Ein kurzes Rascheln, schon hockte die Tritsch vor ihm und sortierte ihre Brustfedern. »Der Wein ist kälter gewesen. Lernfähig. Gut so.«

Bleibier verdrehte die Augen. »Für einen Mischling aus Kobold und Hausgeflügel hast du einen ganz schön kessen Schnabel.«

Die Vogelgestalt gluckste. »Ach. Haben wir uns kundig gemacht in der Tritschologie? Da muss ich dich leider enttäuschen – wir Elwetritsche sind keineswegs aus Unzucht im Hühnerstall hervorgegangen.«

Sie schwieg, Bleibier wartete. Als nichts kam, fragte er leicht genervt: »Sondern?«

»Wir sind die Königsklasse im Pfälzerwald, sozusagen.« Die Tritsch plusterte sich auf. »Als ihr Hochbeiner noch in den Bäumen gehockt und Uga-Uga gebrüllt habt, waren wir schon da. Und im Laufe der Zeit haben wir uns immer besser angepasst an das Leben in der Pfalz. Wenn es so etwas wie ein Urpfälzer Geschlecht gibt, dann sind wir das. Evolutionäre Vorteile, sag ich nur.«

Bleibier fand, dass die Tritsch den Schnabel ziemlich hoch trug.

»Soso. Was denn zum Beispiel? Was habt ihr denn für ...«, er übertrieb die Betonung, »... ›evolutionäre Vorteile‹?«

Der Vogel stieß mit dem Geweih an das Dubbeglas und ließ es klingen.

»Wein zum Beispiel. Ist für euch Hochbeiner auf Dauer schädlich. Na ja, in der Pfalz sieht man das nicht so eng, aber selbst beim rotnasigsten Zechbruder ist nach einem halben Dutzend Schoppen Schluss. Bei uns läuft das anders. Wir haben Wein anstelle von Blut, unser gesamter Stoffwechsel ist darauf ausgerichtet.«

Mit verschränken Armen lehnte Bleibier sich zurück. »Saach bloß. Und wie macht ihr das tief im Wald, wo ihr haust? Da gibt's keinen Schoppen, den man von den Terrassenfliesen klauen kann.«

Die Elwetritsch zog ein selbstgefälliges Gesicht. »Wir keltern innerlich. Egal, was wir zu uns nehmen, es wird in einem speziellen Vormagen zu Wein vergoren. Im Gärpansen, wie wir ihn nennen.«

»Moment, was? Alles, was ihr euch in den Schnabel stopft, wird in euch drin zu Wein gemacht?«

»Genau. Graswein, Rindenwein, Mooswein, Brotwein, Wurstwein. Sogar Steinwein, aber der macht böse Blähungen. Am besten funktioniert es mit Trauben. Habt ihr Hochbeiner ja auch schon gemerkt.«

»Und ... was sagt eure Leber dazu?«

»Schnickschnack, haben wir nicht. Wer braucht schon eine Leber?«

»Was ist, wenn ihr versehentlich etwas Giftiges esst? Einen Pilz oder so? Ohne Leber zur Entgiftung?«

»Pffft, kein Problem. Dann bringen wir den Gärpansen auf volle Leistung. Alkohol sterilisiert und neutralisiert alles besser, als es euer Antibiotikum kann.«

Bleibier gab sich noch nicht geschlagen. »Und wie schafft ihr es, unerkannt zu bleiben? Seit zig hundert Jahren? Klar, der Pfälzerwald ist groß, aber selbst in den entlegensten Ecken sind immer wieder Leute unterwegs. Waldarbeiten, Geocacher. Studenten wie die aus Mainz.«

Die Elwetritsch sah, wenn überhaupt möglich, noch eitler aus. »Tja. Wir können uns unsichtbar machen.«

Mit dem Finger tippte Bleibier an seine Stirn und brach in Lachen aus. »Ist klar. Kein Wunder, dass ihr so viel saufen müsst, bei der wilden Fantasie!«

Der grüne Schnabel senkte sich pikiert nach unten. »Ui, ein Hochbeiner-Witz. Wie komisch. Ich meine ja auch nicht unsichtbar wie im Märchen, sondern unsichtbar für eure Augen. Die sind nämlich, mit Verlaub, nicht die allerbesten.«

Der Kommissar hatte sich beruhigt. »Wie – unsichtbar für unsere Augen?«

Statt einer Antwort watschelte die Tritsch zu den Terrassenpflanzen und zwängte sich zwischen die Kübel. Die Blätter der Hortensien bewegten sich wie durch einen Luftzug, und schon war das Wesen verschwunden.

Bleibier stand auf und trat an die Pflanzen heran. »Das ist doch ein billiger Trick ist das.« Er ging in die

Hocke. Blumentöpfe, ein paar abgefallene Dolden dazwischen, Blätter, Pflanzenstängel, die krausen Blüten der Hortensien mit ihrem betörenden Duft. Keine Spur von einem hühnergroßen Vogelwesen.

»So, und jetzt?« Seine Stimme schallte laut über die ganze Terrasse. »Wie geht er aus, der faule Zauber?«

Da geschah es: Vor seinen Augen wurde eine der Hortensien lebendig. Pelzfedern erschienen, die sich perfekt an die Pflanzenstruktur angepasst hatten, plötzlich glitzerte ein Bernsteinauge, ein großes Blatt entpuppte sich als Schnabel, zwei Wurzelstränge waren in Wirklichkeit Entenfüße. Mit einem Hopser flatterte die Elwetritsch aus dem Blumentopf, ordnete ihr Gefieder und warf Bleibier einen dermaßen selbstzufriedenen Blick zu, dass der Kommissar fast platzte. Na warte!

Er wedelte mit seinem Zeigefinger vor dem grünen Schnabel. »Mit solchen Taschenspielertricks könnt ihr vielleicht ein paar Wandertouristen an der Nase herumführen, aber jetzt wollen wir mal gucken, wie du dich in einer echten Pfälzer Disziplin schlägst!« Mit Riesenschritten stürmte er in den Keller, griff eine Flasche Wein und eine Dose Hausmacher und knallte beide auf den Terrassentisch.

»So, bitte schön! Ich bin gespannt, wie weit du mit deinen ›evolutionären Vorteilen‹ kommst, wenn die Flasche verkorkt und die Dose zu ist!«

Die Tritsch flatterte auf den Tisch und legte auf ihre schelmische Art den Kopf schief. Sie amüsierte sich ganz offensichtlich über Bleibiers Ausbruch. Der Kommissar hielt die Arme verschränkt und tippte ungeduldig mit den Fingern. Aufseufzend watschelte die Elwetritsch zur Weinflasche und sperrte ihren Schnabel auf. Eine rosige Zunge erschien, die sich – Bleibier traute seinen Augen kaum – innerhalb eines Wimpernschlags zu einem Korkenzieher rollte. Damit hackte die Tritsch zielsicher in den Korken, stülpte ihren Schnabel um den Flaschenrand und machte ruckende und zuckende Bewegungen. Plopp, schon spuckte sie den Korken aus, rollte sich lässig auf den Rücken und ließ den Inhalt der Flasche in ihren Trichterschnabel plätschern. Anschließend wandte sie sich der Wurst zu, nahm Anlauf und machte einen Kopfsprung in Richtung Dose. Ihr Geweih bohrte sich in den Deckel und blieb darin stecken. Nun griffen ihre beiden Flügel zu, packten die Dose und drehten sie in Viertelkreisen, fast schneller, als das Auge schauen konnte. Im Nu war die Dose offen, der Tritschenschnabel hebelte riesige Bissen heraus, die Zunge erledigte den Rest, schon sah die Dose aus wie frisch gespült. Die Aktion hatte keine halbe Minute gedauert.

Der Vogel warf Bleibier einen gelangweilten Blick zu und unterdrückte ein Bäuerchen. »Das ist deine sagenhaft schwere Pfälzer Disziplin gewesen? Puh, ich bin ganz außer Atem vor Anstrengung, ehrlich.«

Bleibier hatte große Augen bekommen und sagte nichts. Wein anstelle von Blut, einen Korkenzieher als Zunge und ein Geweih, das Wurstdosen öffnete – die Elwetritsche waren tatsächlich bestens an ein Leben in der Pfalz angepasst, das musste er neidlos anerkennen.

DIENSTAG

Ein jaulender Ton fraß sich in Bleibiers Ohren. Reflexartig versuchte er, das Kissen um den Kopf zu schlingen, doch das funktionierte nicht, fast wäre er dabei aus dem Bett gefallen. Draußen herrschte Dunkelheit, sein Hirn dröhnte, der Ton wollte und wollte nicht aufhören. Dann endlich schaltete er: Die Sirene auf dem Dach des Rathauses!

Eine Viertelstunde später eilte er gemeinsam mit anderen Grumbergern den Hügel hinauf zum Stullwerk. Flammen schlugen aus der Werkshalle und leckten an den zerborstenen Fenstern. Annalena! Die VMGler!, war sein erster Gedanke, dann sah er die drei jungen Leute vor der Fabrik stehen und gönnte sich ein kurzes Durchatmen.

Der Kopf wollte ihm zerspringen. Seine Erinnerung hörte irgendwann gegen halb eins auf, der Terrassentisch hatte sich vor lauter Flaschen und leeren Wurstdosen gebogen, dazwischen standen Schnapsgläser, Salzbrezeln, Käsewürfel, Brotkanten, Senftuben und ein umgefallenes Gurkenglas. Es hätte Bleibier klar sein müssen, dass er beim Wettsaufen mit einem Wesen, dessen Blut aus Wein bestand, nur verlieren konnte. Ihm fehlte jede Erinnerung, wie er ins Bett gekommen war, und – viel schlimmer – er konnte sich an keinen einzigen der Saarländerwitze erinnern, die die Tritsch am laufenden Band gerissen hatte.

Bleibier sprang zur Seite, um den Wagen der Freiwilligen Feuerwehr vorbeizulassen. Vor dem Zaun des Stullwerks hatten sich die Bürger versammelt, er sah den Fuchselouis, der seine Tochter fest im Arm hielt, daneben Winzer Ansgar und Bertl Bopp. Ditze reckte sich, um besser sehen zu können, die Krawehlin und ihre Ratschtanten standen in der ersten Reihe. Manne rannte umher und schaffte Platz für die Feuerwehr. Er trug Uniform wie immer, es wurde gemunkelt, er würde sogar darin schlafen.

Das Feuer zischte und knallte, sein flackernder Schein zuckte über die Gesichter der Menschen. Bleibier dachte an die bärtigen Veganer, an den Stein, den sie in den Hof geworfen hatten. Steckten sie dahinter? Andererseits – Kuhplakate schwenken und Häuser anzünden waren zwei unterschiedliche Paar Schuhe. Er trat zu Annalena. In ihren Augen spiegelten sich die Flammen, Tränen glitzerten.

»Was ist passiert?«

»Benno hat uns geweckt, weil er Rauch gerochen hat, und plötzlich ist alles hochgegangen.« Ihre Stimme brach vor Schluchzen, der Bürgermeister drückte sie.

»Die allernötigsten Sachen haben wir gegriffen und die Brandschutztür zum Laborraum zugehauen, dann sind wir rausgerannt. Es hat nach Benzin gestunken, überall. Das … das …«, nun liefen die Tränen, »das ist Absicht gewesen! Herr Bleibier, das hat jemand geplant!«

Der Kommissar sagte nichts und schaute zu, wie erste Wasserkaskaden den Brandherd trafen und das Feuer erbost zischte. Nach einer Weile gab er Annalena einen Wink, sie schob den Arm ihres Vaters mit einer geflüsterten Bemerkung zur Seite und folgte Bleibier ein paar Schritte zur Seite.

»So, Annalena, und jetzt ehrlich: Was ist los hier bei euch?«

Sie schaute nicht auf. »Das hab ich Ihnen doch …«

»Horch zu, verarschen kann ich mich selbst«, unterbrach er sie. »Erst taucht ein Typ auf, der einen auf Gesundheitsamt macht und später tot im Wald liegt, und dann kriegt ihr die Bude angezündet. Was ist los, ich frag nicht noch einmal.« Er wusste, dass er grob auftrat, aber das war ihm egal. Jemand wollte ihn an der Nase herumführen, und das mochte Bleibier nicht.

Annalena schwieg, dann sammelte sie sich. »Okay, da ist tatsächlich noch was.« Er konnte ihre Stimme kaum hören. »Und zwar: Wir haben Kontakt zu einem Neustadter Wurschthersteller, zur Floßbacher Mühle. Die haben Interesse an unserem Rezept, weil sie ganz stark in den veganen Markt investieren wollen.«

Die Floßbacher Mühle war einer der größten Wurstfabrikanten der Pfalz, ihre Produkte mit dem klassischen Mühlrad standen in allen Supermärkten des Landes. Kein schlechter Geschäftskontakt, das musste Bleibier zugeben.

»Über wie viel habt ihr geredet? Nur so Pi mal Daumen.«

Annalena flüsterte noch leiser, deshalb musste der Kommissar nachfragen. Doch die Summe wurde auch beim zweiten Mal nicht kleiner.

Dreieinhalb Millionen.

Der Wind wehte Bleibier um die Nase. Er genoss es immer wieder, wie sich die Luft am Haardtrand innerhalb weniger Kilometer änderte. Am Anfang seiner Fahrt dominierte das schwere, erdige Bouquet des Pfälzerwaldes, zart durchdrungen von den ätherischen Ölen der Bäume. Weiter abwärts übernahmen die Weinberge, der Duft der Reben und Trauben, die prall in der Sonne standen und einen neuen Jahrgang versprachen. In der Ebene kamen schließlich Ackerfrüchte dazu, kräftiges Grün mit einem Hauch von Küche und Keller: hier eine Zwiebel, dort ein Getreidefeld, überlagert von satten Äpfeln. Er reckte die Arme, um nach all den herrlichen Gerüchen zu greifen.

Cabriofahren bedeutete für Bleibier ein Stück olfaktorische Freiheit. Kein geöffnetes Wagenfenster, kein

Schiebedach konnte das Gefühl ersetzen, im Freien zu sitzen und die Nase im Wind zu haben. Wie so vieles in seinem Leben war das knallgelbe Käfer-Cabrio eher unfreiwillig zu ihm gekommen. Ein Cabrio, das hatte er immer für etwas Neumodisches gehalten, im Winter zugig und im Sommer zu heiß. Ferz, brauchte man nicht. Der Pfälzer an sich – und damit auch Marcel Bleibier – tat sich schwer mit Neuem. Warum auch etwas ändern, es lief doch bisher immer gut.

Doch der offene Wagen war ein Herzenswunsch von Thea gewesen, also hatte er irgendwann nachgegeben, mehr aus Zuneigung als aus echter Überzeugung. Der Käfer hatte damals, 1995, schon zwanzig Jahre auf dem Buckel gehabt. Inzwischen war er ein Oldtimer, ein bisschen wie Bleibier selbst.

Thea hatte ihm das Auto überlassen, weil sie in Heidelberg keines mehr brauchte. Zuerst behielt die Pfälzer Sturheit Oberhand, er ließ das Cabrio im Hof fast verrotten. Doch nach und nach fing er an, den kleinen VW zu mögen, wenngleich dieser im Alter zickig wurde und mehr Zeit in der Werkstatt von Ditze verbrachte als auf der Straße. Besonders das Verdeck hatte seine Tücken: Der Verschluss sprang immer wieder aus unerfindlichen Gründen auf, gerne auch während der Fahrt, worauf die Klappmechanik nach hinten knallte und sich erst nach endloser Fummelei wieder schließen ließ. Mehr als einmal hatte Bleibier zum

Vergnügen der anderen Autofahrer bei strömendem Regen am Straßenrand gestanden, einen Schirm über das offene Auto gehalten und fluchend in den Eingeweiden des Verdecks gestochert. Trotzdem käme er nie auf den Gedanken, den Käfer zu verkaufen. Es schien, als würde immer noch ein kleines Stück von Thea darin wohnen und ihn anlächeln, wenn ihm der Fahrtwind durch die Haare wuschelte.

Er erreichte Neustadt von Maikammer aus und fuhr ins östlich gelegene Industriegebiet. Die Gebäude der Floßbacher Mühle waren so weit von einem traditionellen Mühlenanwesen entfernt wie die Erde vom Mond: Statt Fachwerk und klapperndem Mühlrad gab es Stahl, Glas, Lkw-Laderampen und Verbotsschilder mit vielen Paragrafenzeichen. Bleibier wedelte so lange mit seiner Dienstmarke, bis ihm jemand den Weg zum Haupthaus wies. Auf dem Parkplatz blockierte das Verdeck des Käfers wieder einmal, also ließ er es offen, eine Empfangsdame mit drallem Popo brachte ihn ins Allerheiligste: ins Büro des Geschäftsführers Adalbert Perner.

Der Chef der Floßbacher Mühle entpuppte sich als vierschrötiger Mann mit Specknacken, der aus seinem Anzug quoll und aussah, als würde er im Ernstfall selbst Hand anlegen auf dem Schlachthof.

»Haben Sie ihn endlich?«, bellte er anstelle einer Begrüßung. Er telefonierte und hielt den Hörer auf

Abstand, als wäre Bleibier eine Fliege, derentwegen er sein Gespräch nicht unterbrechen wollte.

Bleibier lächelte unverbindlich. »Guten Tag auch.«

Perner machte eine ungeduldige Bewegung mit dem Hörer, er wollte ganz offensichtlich sein Gespräch fortführen. Sein Bürotelefon mitsamt Bildschirm erinnerte an einen Science-Fiction-Film. »Ja, was jetzt? Haben Sie ihn gefunden? Alles in Ordnung damit? Oder ist er ruiniert?«

Der Kommissar hatte die Faxen dicke, trat auf Perner zu und zog das Kabel aus dem Mega-Telefonapparat. Perner glotzte ihn an wie eine Erscheinung.

»Herr Perner, ich überlasse es Ihnen. Entweder reden wir fünf Minuten anständig miteinander wie zwei erwachsene Menschen, oder Sie verbringen morgen den kompletten Tag auf dem Kommissariat bei einer offiziellen Anhörung. Suchen Sie sich's aus.«

Der Geschäftsführer mahlte mit den Zähnen, doch die Vernunft gewann. Er schluckte seine Wut herunter. »Ich weiß nicht, was Sie hier wollen. Ihre Kollegen haben schon alles zu Protokoll genommen, mehr kann ich Ihnen dazu nicht sagen.«

»Aha. Und was genau haben die Kollegen zu Protokoll genommen?«

Perner schaute Bleibier an, als würde er an dessen Verstand zweifeln. »Na, die Sache mit meinem Ferrari. Der Diebstahl vom Firmenparkplatz. Sie wissen doch:

In der ganzen Pfalz verschwinden teure Autos, und vor einer Woche haben die unten vor dem Gebäude zugeschlagen. Deshalb sind Sie hier, oder?«

Bleibier erinnerte sich dunkel an den Artikel in der Rheinpfalz, der über Autodiebstähle in der Region berichtet hatte. Ein Schicksal, das ihm und seinem betagten VW glücklicherweise nicht blühte. Mit höflichem Lächeln schüttelte er den Kopf.

»Nein, Herr Perner. Tut mir leid für Ihr edles Blech, aber ich interessiere mich für eine andere Sache. Sie haben Kontakt zur Veganen Manufaktur Grumberg?«

Es war mehr eine Feststellung als eine Frage, der Kommissar beobachtete das Gesicht seines Gegenübers genau. In Perners Augen flackerte etwas, kurz und irritiert, dann hatte er sich wieder unter Kontrolle.

»Ja, hab ich. Was die Leute da machen, ist, ich sag mal: interessant. Warum?«

Bleibier überhörte die Frage. »Und Sie planen, die Herstellungsmethode der veganen Wurst zu übernehmen? Für eine stattliche Summe?« Wieder kleidete er die Feststellung in den Mantel einer Frage.

Zwischen Perners Augenbrauen erschien eine steile Falte. »Was reden Sie da? Es gab erste Gespräche, völlig ergebnisoffen. Ob und wie wir weiterverhandeln, steht in den Sternen. Woher haben Sie diese Unterstellungen?«

Bleibier vermutete, dass er den VMGlern einen strengen Maulkorb verpasst hatte, damit keiner über das laufende Angebot plauderte. Er winkte ab, als ginge es um eine Nebensächlichkeit. »Dass es heute Nacht einen Brand gegeben hat bei der VMG, das wissen Sie, oder?« Wieder hielt er Perner scharf im Blick.

Der Geschäftsführer schien ehrlich überrascht. »Eh, n… nein, das hab ich nicht gewusst. Ist, eh, ist die Produktionsanlage denn noch intakt?«

Bleibier musterte ihn kühl. »Es sind glücklicherweise keine Personen zu Schaden gekommen. Keine Toten, keine Verletzten. Nett, dass Sie fragen.« Er machte eine bewusste Pause. »Und auch die Anlage ist noch funktionsfähig, weil sie in einem Nebenraum steht, der nicht vom Feuer betroffen war.«

Er trat an die Fensterfront. Auf dem Gelände der Floßbacher Mühle ging es zu wie in einem Bienenstock. Lkws und Gabelstapler brausten umher, ein Tiertransporter fuhr rückwärts an die Verladestation, mit Mist beladene Schaufelbagger krochen durch jede Lücke. Wo stand eigentlich das Mühlrad, das die Etiketten der Supermarktwurst zierte, zusammen mit einem kernigen Müllerburschen und einem lachenden Schwein mit Ringelschwanz?

»Herr Perner, Sie haben doch bestimmt ein erstklassiges Labor hier. Was sagen Ihre Fachleute denn zu der neuen Wurst? Ist da tatsächlich kein Gramm

Fleisch drin? Wissen Sie, ich habe sie probiert, und, tja, ehrlich gesagt, ich schmecke kaum einen Unterschied zu echter Pfälzer Hausmacher.«

Perner schaute ihn misstrauisch an. Seine Augen verrieten, was im Kopf vorging: Dieser Kommissar trampelte auf seinen Nerven herum, aber je besser er mitspielte, umso früher würde der Störenfried wieder verschwinden. Er nickte knapp.

»Ja, wir haben natürlich gründlich getestet. Die VMG hat uns versiegelte Probetüten zur Verfügung gestellt mit den verschiedenen Herstellungsstufen des Produkts. Alles rein pflanzlich, noch nicht mal über Gelatine filtriert, hundert Prozent vegan. Es gibt auch Analysen von einem unabhängigen Labor, von Fresenius in Speyer, die Ergebnisse stimmen mit unseren überein.«

»Aha. Aber wie das Produkt genau hergestellt wird, kann Ihr Labor nicht herausfinden, oder?«

»Nein, natürlich nicht«, knurrte Perner. »Das ist so, wie wenn ich Ihnen die Einzelteile von einem Fernseher hinknalle. Dann haben Sie alles, was Sie brauchen, aber die Sportschau können Sie deshalb noch lange nicht gucken.«

Sein Bauchgefühl verriet dem Kommissar, dass Perner den Privatdetektiv losgeschickt hatte mit dem Auftrag, die geheime Rezeptur zu stehlen. Einen schnelleren Weg, dreieinhalb Millionen zu sparen, gab es kaum. Aber was war schiefgelaufen? Er entschloss sich, den Stier bei den Hörnern zu packen.

»Sie wollten aber die Sportschau gucken, und zwar ohne die VMG-Leute um Erlaubnis zu fragen, richtig? Also haben Sie einen Schnüffler losgeschickt. Der hat aber leider kein Veganrezept gefunden, sondern nur ein paar Kugeln. Was wollte er überhaupt da oben im Wald, einen Kilometer weg vom Fabrikgelände?«

Eine Ader schwoll an Perners Hals, sein Kopf wurde rot. Mühsam beherrscht ballte er die Fäuste. »Raus mit Ihnen, aber ganz schnell. Und machen Sie sich auf ordentlich Ärger gefasst, mein Draht zur Polizeidirektion ist gut.« Bleibier wollte etwas sagen, da fuhr Perner cholerisch in die Höhe. »Raus, hab ich gesagt, oder ich helfe nach!« Er spie die Worte aus, Speichel flog aus seinem Mund. Der Kommissar hatte keine Lust auf ein blaues Auge, also zog er Leine. Beim Herausgehen sah er, dass Perner zitternd vor Wut zu seinem Handy griff. Er hätte für sein Leben gerne gewusst, wen der Geschäftsführer anrief.

Die Antwort erhielt er drei Minuten später auf dem Besucherparkplatz, als er auf seinen Käfer zutrat und sich unwillkürlich die Nase zuhielt. Jemand hatte eine Fuhre Mist hineingeschüttet, die das Cabrio bis zum Lenkrad anfüllte.

Die Heimfahrt war unerquicklich. Bleibier schaffte es mit einem geborgten Spaten, die gröbste Chose vom Fahrersitz zu schaufeln, ein aufgeschnittener Plastikmüllsack schützte seine Kleider vor der pappigen Strohmasse. Trotzdem schwanden ihm fast die Sinne vor Gestank. Zu Hause stellte er das Auto in den Hof, schloss das Tor ab und warf die Klamotten in den Müll. Nach einer halben Stunde unter der Dusche fühlte er sich wieder einigermaßen sauber.

Nackt trat er aus der Kabine und fing an, sich die Haare zu frottieren. Es dauerte eine ganze Weile, bis er das Vogelwesen wahrnahm, das ihn dabei interessiert beobachtete.

»Dunnerkeil!« Eilig schlang er das Frottiertuch um seine Hüfte, es reichte hinten und vorne kaum und ließ sich am Bauch nicht richtig knoten. »Sag mal, von Privatsphäre hast du aber auch noch nie was gehört!« Die Frage, wie es die Tritsch überhaupt in das verschlossene Haus geschafft hatte, verkniff er sich. Ein Geschöpf, das mit seiner Zunge Weinflaschen öffnen konnte, ließ sich sicher nicht von verriegelten Türen abhalten.

Die Elwetritsch antwortete nicht, legte den Kopf schief und sah zu, wie der Knoten aufging. Das Tuch fiel. Der Blick, den sie auf Bleibiers Leibesmitte warf, war so mitleidsvoll, dass ihn die Wut packte. Mit rotem Kopf raffte er den Stoff hoch.

»Und überhaupt, was willst du eigentlich hier bei mir? Ist es ein Jux für Elwetritsche, sich einen Menschen auszusuchen und ihm auf den Zeiger zu gehen?«

Die Tritsch flatterte auf das Sideboard und inspizierte die Flaschen, die dort standen. Cremes, Duschgel, ein paar Wellness-Badezusätze, die er geschenkt bekommen und nie ausgepackt hatte. Beiläufig meinte sie: »Von gestern Abend wissen wir nicht mehr allzu viel, oder?«

Bleibiers Wut verrauchte, schuldbewusst dachte er an die Flaschenbatterie auf der Terrasse. »Öh, also, doch, wir haben ...«, fing er lahm an und verstummte. Er erinnerte sich tatsächlich an gar nichts mehr. Noch nicht einmal an die Pointen der Saarländerwitze.

Die Elwetritsch machte es wie üblich spannend. Wortlos schob sie sich an den Toilettenartikeln vorbei, schnupperte hier, äugte dort. Eine weiß-rote Flasche gefiel ihr, sie stülpte den Schnabel über den Rand, der intensive Geruch von Old Spice breitete sich aus. Bleibiers Rasierwasser. Er hatte die erste Flasche mit fünfzehn geschenkt bekommen und seither keinen Anlass gesehen, die Marke zu wechseln. Ihm schwante allerdings, dass die Elwetritsch weniger auf den Duft als vielmehr auf die Alkoholprozente schielte. Der halbe Inhalt der Flasche verschwand im Schnabel, die Tritsch schmatzte, dann ließ sie sich zu einer Antwort herab.

»Also noch mal, extra für dich. Wir Elwetritsche leben unser eigenes Leben tief im Pfälzerwald, von euch Hochbeinern sehen und hören wir am liebsten gar nichts. Das ist auch gut so, ihr sollt uns weiterhin für Sagengestalten halten und uns so katastrophal falsch darstellen wie an eurem Neustadter Elwetritschebrunnen. Aber leider breitet ihr euch immer weiter aus im Wald. Straßen werden gebaut, Flächen abgeholzt, Mountainbiker kurven herum, neue Wanderwege kommen dazu. Deshalb müssen wir wissen, was bei euch los ist. Wie ihr euer Leben organisiert, was euch bewegt, welche Ziele ihr habt. Wie ihr denkt. Denn nur, wenn wir in eure Köpfe schauen können, wissen wir, wie wir euch weiterhin aus dem Weg gehen können. Klar so weit?«

Bleibier nickte und versuchte, die Situation mit dem nötigen Galgenhumor zu nehmen. Da stand er nach einer Mistattacke nackt im Bad und ließ sich von einer Elwetritsch über das Sinnen und Trachten der Pfälzer Sagenvögel aufklären. Er war nahe dran, selbst einen Schluck Old Spice zu nehmen.

»Jede Tritsch verbringt deshalb in ihren jungen Jahren eine gewisse Zeit mit einem Hochbeiner. Zuschauen, beobachten, dabei sein. Tja, was soll ich sagen …« Das Vogelwesen hob seine Flügel wie ein Zirkusdirektor im Miniaturformat. »Du bist mein Hochbeiner, ich bleibe jetzt erstmal bei dir. Ta-daa!«

Der Kommissar schaute blöd und ließ das Tuch erneut fallen. »Und, eh … warum ausgerechnet ich?«

»Gute Rahmenbedingungen für einen Tritschenbesuch«, erklärte das Vogelwesen freundlich. »Zweite Lebenshälfte, Einzelgänger, alleinstehend, kaum Freunde, wenig soziales Engagement. Vertraut mit den Bräuchen der Region, beruflich ins lokale Geschehen eingebunden. Gleichzeitig dem Alkohol nicht abgeneigt, bestenfalls durchschnittlich intelligent, sexuelle Aktivität gegen null, und das körperliche Erscheinungsbild lässt die Chancen auf eine baldige Partnerschaft gering erscheinen. Passt also für uns.«

Bleibier öffnete den Mund und machte ihn wieder zu. Es kam selten vor, dass ihm die Worte fehlten. Doch das Schlimmste daran: Die schonungslose Aufzählung der Tritsch entsprach tatsächlich der Wahrheit. Sollte er nun auf die Elwetritsch wütend sein oder eher auf sich selbst? Mit verwirrten Gefühlen riss er die Badtür auf und ging hinaus. Vor ihm stand eine junge Frau mit halblangen, blonden Strähnen, blauen Augen und einem Grübchen im Kinn. Ihr Blick wanderte wie an Schnüren gezogen an Bleibiers Körper herab und blieb in der Mitte hängen.

»Hallo, Babba. Willst du dir vielleicht was anziehen? Und mit wem hast du da drin eigentlich geredet?«

Bleibier glotzte seine Tochter an, dann griff er automatisch nach seinem Bademantel. »Eh, öh, hallo, Susi. Was machst du denn hier?«

»Dich besuchen. Hatten wir letzte Woche ausgemacht. Und hab ich dir vorhin noch mal auf den Anrufbeantworter gesprochen, weil du nicht ans Handy gegangen bist.«

Eine ferne Erinnerung regte sich in Bleibier. Den Kaffee mit Susanne hatte er tatsächlich vergessen, zu viel war in den letzten Tagen passiert. Und dass er sein Handy im Käfer-Misthaufen überhört hatte, wunderte ihn nicht.

Derweilen ging Susanne an ihm vorbei und machte Anstalten, den Kopf ins Bad zu stecken. »Was ist denn da für ein Gerede gewesen? Ich hab doch zwei Stimmen gehört, oder?«

Panisch ging der Kommissar dazwischen. Die Tritsch hatte im Bad keine Möglichkeit, sich zu verstecken oder auf ihre ganz spezielle Art unsichtbar zu werden. Keine Pflanzen, nur offene Regale, das Fenster mit Gitter davor. »Das, äh, ich … ich rede mit mir selbst. Immer mal wieder.«

»Mit zwei Stimmen? Jetzt aber, Babba!« Mit zweifelndem Gesicht drängte sie sich an ihm vorbei ins Bad und stieß einen Schrei aus. Bleibiers Herz wollte stehen bleiben, er holte Luft, um das zu erklären, was man nicht erklären konnte.

»Woah, was ist das denn?« Susannes Stimme klang entzückt. Der Kommissar schielte hinein. Die Elwetritsch stand nach wie vor auf dem Sideboard. Doch sie sah merkwürdig aus, stocksteif, in eingefrorener Haltung, sogar der Glanz in ihren Augen war erloschen.

»Das ist ja toll! Eine Elwetritsch, oder? Wer hat die denn gebastelt?« Susanne nahm das Vogelwesen hoch. Die Tritsch blieb steif wie ein Brett, nichts rührte sich, kein Löffelohr zuckte. »Voll gut gemacht. Das ist ja echt Kunst. Wo ist die her?«

»Das, äh, also …«, Bleibier versuchte, sein Hirn zum Denken zu bewegen. »Wir haben demnächst eine Ausstellung hier im Rathaus, Sagen und Legenden der Südpfalz, und das da ist eines der Exponate. Ist aus Neustadt, von einem Puppenbauer. Und, ja, ich soll darauf aufpassen und wollte es nicht in der Wache lassen.« Er atmete heimlich auf, als Susanne seine Märchenstunde nicht weiter hinterfragte. Gemeinsam gingen sie ins Wohnzimmer, Susanne nahm die Tritsch mit. Der Kommissar schämte sich für das Flaschen- und Dosengelage vor dem Terrassenfenster, das seiner Tochter einen vorwurfsvollen Blick entlockte. Schnell machte er Kaffee und suchte nach einer Kekspackung, die seit weniger als einem Jahr abgelaufen war.

Derweilen drehte Susanne die Tritsch hin und her, zupfte an den Pelzfedern und schnupperte kritisch.

»Sag mal, die riecht irgendwie nach dir, nach deinem
Old Spice. Hast du sie eingesprüht, oder was?«

Er verließ sich weiter auf sein Improvisationstalent.
»Ja, das war dringend nötig. Ist dir nicht der Gestank
hier drin aufgefallen, vorhin beim Reinkommen?«

»Ja, stimmt, es hat total nach Mist gerochen.«

Bleibier deutete mit dem Kinn auf die Tritsch. »Das
ist das Ding. Stinkt wie die Pest. Deshalb hab ich's
mit Rasierwasser besprüht, jetzt geht's einigermaßen.«

Für eine Sekunde wurden die Bernsteinaugen
lebendig und schossen einen Blick in Bleibiers Richtung, scharf wie ein geschliffenes Messer. Er musste
sich ein Lachen verbeißen. Allmählich fing die Sache
an, Spaß zu machen. Kurzentschlossen legte er nach.
»Außerdem, so wahnsinnig gut gelungen ist sie auch
wieder nicht. Echte Elwetritsche haben einen viel län-
geren und spitzeren Schnabel, und der Schwanz ist
auch falsch, der muss viel fedriger sein. Denk mal an
die Figuren am Neustadter Brunnen, die sehen viel
mehr nach Elwetritschen aus.« Bleibier hätte schwö-
ren mögen, dass der Schnabel der Tritsch eine Sekunde
lang erbost zitterte, doch Susanne bemerkte nichts.
Sie stellte das Wesen vorsichtig auf den Wohnzim-
mertisch und setzte sich. Das behagte dem Kommissar, denn nun musste das Vogelwesen hübsch still sitzen und konnte keinen Unfug anstellen.

Die nächste Viertelstunde plauderten sie über

Susannes Leben in Mannheim, über ihre Wohnung, ihre Freunde und einen Kollegen, der ihr den Hof machte. Sie arbeitete als Museumspädagogin im Reiss-Engelhorn und liebte ihren Job. Bleibier gönnte es ihr von Herzen, wenngleich er sowohl bei Kindermassen als auch bei musealen Ausstellungsstücken Fluchtreflexe bekam. Auch Thea war ein Thema. Susanne ging ungezwungen mit der Trennung ihrer Eltern um und hatte zu beiden guten Kontakt. Thea ließ grüßen und fragte, ob Bleibier ihr nicht ein Schraubglas mit Pfälzer Luft und eine Handvoll Weinstraßensonnenstrahlen nach Heidelberg schicken könne. Einen Augenblick lang gab er sich der süßen Vorstellung hin, all das wieder gemeinsam mit ihr erleben zu können.

»Und bei dir, Babba?«, unterbrach sie seine Tagträume. »Was gibt's Neues in Grumbeer? Ist beim Ansgar im Keller eine Weinflasche umgekippt?«

Er überhörte ihren Spott und zog die Augenbrauen hoch. »Wie wär's mit Mord, einem Autounfall, zerschnittenen Kirchenbüchern, steinewerfenden Veganern und einem nächtlichen Feuerteufel?« Ihr Mund stand offen. Bleibier genoss den seltenen Augenblick, in dem Grumberg Mannheim den Rang ablief. Er goss sich einen Riesling ein, trank einen Schluck und stellte das Glas zehn Zentimeter von der Tritsch entfernt auf den Tisch. Das Wesen fing an zu vibrieren, rührte seinen Schnabel aber keinen Millimeter. Zufrieden

schaute er zu, dann erzählte er seiner Tochter von alldem, was sich in den letzten Tagen abgespielt hatte.

»Und ich glaube, dass das alles mit den verschwun-
denen Seiten aus den Kirchenbüchern zusammen-
hängt«, schloss er. »Die Lösung steckt da drin, und
deshalb hat jemand die Blätter verschwinden lassen.
Jede Wette.«

Susanne schaute nachdenklich vor sich hin. »Die
Kirchenbücher. Die hab ich in meiner Magisterarbeit
erwähnt, weil die ziemlich außergewöhnlich sind.«

Bleibier nickte. »Ja, die gehen zurück bis ins 17.
Jahrhundert, das ist selten hier in der Pfalz. Weiß jedes
Kind.«

»Das hab ich einem unserer Kuratoren erzählt,
damals, da bin ich ganz frisch im Museum gewesen.
Dem Hajo Bimmel, unserem Fachmann für geistliche
Regionalgeschichte. Und ich glaube, er wollte her-
kommen und die Bücher scannen oder fotografie-
ren oder so.« Sie hob die Hände. »Vielleicht ist da ja
was daraus geworden, weiß ich nicht. Wenn du willst,
kann ich ihn mal anhauen.«

Bleibier war einverstanden und schrieb ihr die fehlenden Seitenzahlen auf. Wer weiß, vielleicht konnte
der Mann mit dem fantastischen Namen Hajo Bimmel
etwas zur Lösung des Grumberg-Rätsels beitragen.

Er griff nach dem Rieslingglas, schwenkte es einen
Fingerbreit vor dem grünen Schnabel und trank es

genüsslich aus. Die Tritsch bebte wie der Duracell-Hase, zum Glück bekam Susanne es nicht mit. Sie musste wieder heim und leerte ihren Kaffee, während sich Bleibier etwas Vernünftiges anzog. Er hatte nicht die geringste Lust, die schlechte Laune einer Elwetritsch auf Rieslingentzug abzubekommen, also verließ er gemeinsam mit seiner Tochter das Haus und schloss zweimal ab.

In der Wache saß Manne mit angestrengtem Gesicht und Lesebrille vor dem PC. Normalerweise machte Bleibier einen Bogen um das Uralt-Gerät und arbeitete mit seinem Notebook zu Hause. Doch heute musste er den 486er bemühen, denn einige polizeiinterne Programme liefen nur auf dem Dienstrechner, zum Beispiel die Abfrage von Personendaten. Widerstrebend machte Manne seinem Vorgesetzten Platz. Bleibier schaute der Sanduhr zu, bis sie die Ergebnisse für Adalbert Perner ausspuckte. Der Geschäftsführer der Floßbacher Mühle war kein unbeschriebenes Blatt, es hatte Ermittlungsverfahren wegen Steuerhinterziehung, Bestechung und unerlaubten Absprachen gegeben. Mithilfe teurer Anwälte hatte er sich aber jedes Mal herauswinden können. Genau der Typ, der einen Privatdetektiv beauftragen würde, um einen Vorteil für sein Unternehmen zu gewinnen und die Kosten zu drücken. Aber was hatte es mit dem Brand auf sich?

Wollte er damit die VMG sturmreif machen und den Preis herunterhandeln, frei nach dem Motto: »jetzt, wo ihr eh vor dem Ruin steht«? Nein, Bleibier hatte ein feines Gespür für andere Menschen. Perners Überraschung war echt gewesen, kein Zweifel.

Das Telefon klingelte, Manne ging dran und bekam den offiziellen Gesichtsausdruck, der von einer höheren Stufe der Hierarchie kündete. Er schaltete auf das um, was in der Südpfalz als Hochdeutsch galt.

»Jawoll, Herr Polizeirat, der ist da. Aber natürlich, Herr Polizeirat, ich geb Sie weiter. Danke und Wiedderhörn, Herr Polizeirat.«

Mit gepresster Stimme flüsterte er unnötigerweise: »Der Polizeirat!« und hielt Bleibier den Hörer hin.

»Bleibier, ich hab einen Anruf gekriegt vom Inhaber der Floßbacher Mühle. Eine offizielle Beschwerde wegen Unterstellung. Was glauben Sie, wie hier die Luft brennt!« Keilhauer klang not amused. Aha, Perner hatte seine Kontakte spielen lassen. Der Kommissar tarierte seinen Tonfall zwischen Entsetzen und Unterwürfigkeit aus.

»Nein, was Sie nicht sagen! Wie unangenehm! Dabei wollte ich bei Herrn Perner nur noch mal nachfragen wegen seinem Ferrari. Sie wissen doch, die Autodiebstähle.«

»Autodiebstähle? Da hat der Herr Perner aber etwas anderes berichtet, etwas ganz anderes! Es ging um den toten Mann im Wald, und damit haben Sie ganz klar gegen meine Weisung verstoßen! Das wird disziplinarische Konsequenzen haben, wird das. Und ich sag Ihnen noch etwas, und zwar ...«

Bleibier wurde die Sache zu doof. Er fing an, mit dem Fingernagel an der Sprechmuschel des Hörers zu kratzen, gleichzeitig sprach er, ließ dabei aber einzelne Buchstaben aus: »...err Po...eirat? ...ann Sie kau... ören. Tel...onleitun... Grumberg schlecht, imm... ieder Ausf...lle.«

»Was ist da los bei Ihnen?«, brüllte der Polizeirat. »Ich verstehe Sie kaum!«

»...urzeln der Reben hab...n Telek...mleit...ng beschäd...gt. Gesp...ch ist ...«

Er drückte die Gabel und legte den Hörer daneben, dann schaltete er sein Handy aus. Soso, da wollte ihn Keilhauer an die Leine nehmen, weil der Floßmühlenchef sich auf die Füße getreten fühlte. Die Angelegenheit wurde immer interessanter.

»Manne, ich muss noch mal weg. Aber eine Sache müsste erledigt werden.« Er legte seine Wagenschlüssel auf den Tisch. »Mein Auto ist vorhin ein bisschen dreckig geworden, bei einer Dienstfahrt. Vielleicht hast du nachher mal fünf Minuten, es steht bei mir im Hof.«

Sein Kollege nickte zerstreut und schielte auf den PC, der nun wieder frei war. Das kam Bleibier verdächtig vor, denn normalerweise lebten Manne und das Informationszeitalter auf zwei verschiedenen Planeten.

»Was ist los, hast du einen Flirt auf Parship laufen?«

Der Polizeimeister schaute ihn an und verstand den Witz nicht. Aber Bleibier sah, dass er schier an einer Neuigkeit erstickte.

»Nun sag schon. Was willst du denn dauernd am PC?«

Manne rang mit sich. »Das wirst du nie glauben. Niemals. Nie.«

Bleibier heuchelte Interesse. »Sag schon. Hopp.«

»Du glaubst's nicht.«

Der Kommissar machte ein Gesicht wie ein Bub vor den Weihnachtsgeschenken. Noch eine Sekunde, und seine Muskeln würden für immer so stehen bleiben. Manne erbarmte sich.

»Ich bin reich«, sagte er und verschränkte mit einem gewissen Hochmut die Arme. »Sehr, sehr reich.«

Bleibier sagte nichts.

»Bass uff, ich erzähl's dir. Aber nur, weil die Sache eh schon durch ist. Man muss aufpassen wegen Neidern und so. Ist schwer, reich zu sein.«

Nach weiteren Sekunden des Schweigens beugte Manne sich vor. »Es is so«, flüsterte er, »ich hab vorgestern eine Mehl bekommen. Von auswärts.«

»Von Ludwigshafen, oder was?« Ludwigshafen lag in Mannes Welt schon ganz weit »auswärts«.

Der Polizeimeister schüttelte den Kopf. »Nä, viel, viel weiter auswärts. Von Nigeria.«

Bleibier rührte sich nicht. Ihm schwante Schlimmes.

Manne nahm sein Schweigen als Unwissen. »Ist ein Land in Afrika. Bei den Ne... den Schwarzen«, erklärte er. »Jedenfalls, die haben dort meine Mehladresse rausgekriegt, und irgendwie wissen die, dass die mir als Polizist vertrauen können. Jetzt hat mir jemand von dort geschrieben. Ein Prinz.«

Er wartete auf eine Reaktion, doch Bleibier behielt seine eiserne Miene bei.

»Der Prinz, der steckt in einer saublöden Situation: Er ist Alleinerbe von einem riesigen Vermögen, zehn Millionen Dollar. Aber weil sein Vater in Ungnade gefallen ist, da unten in Afrika, kommt er nicht an das Geld. Und jetzt pass auf!«

Manne bekam ein rotes Gesicht vor Aufregung. Bleibier wäre am liebsten im Boden versunken vor Fremdschämen.

»Der Prinz hat sich an mich gewandt, um an sein Geld zu kommen. Die Sache ist ganz einfach: Er braucht ein Konto im Ausland, wo er das Geld hinüberweisen kann, und dann gehört es wieder ihm. Das mach ich jetzt für ihn, und dafür kriege ich zehn Prozent. Das ist eine Million Dollar!« Eifrig nestelte er in seinen Unterlagen. »Hier, ich hab's umgerechnet. Eineinhalb Millionen Mark. Also siebenhundertfünfzigtausend Euro!« Selbstzufrieden lehnte er sich zurück. »Ist alles schon unter Dach und Fach. In ein paar Tagen kommt der Prinz vorbei und bringt mir den Bimbes. Bar Kralle.«

Bleibier wählte seine Worte sorgfältig. »In dieser … Mehl, da ist aber nicht die Rede gewesen von irgendwelchen Vorleistungen? Also Sachen, die du vorher bezahlen musst oder so?«

Sein Kollege winkte großspurig ab. »Kleinigkeit. Ich hab Geld überwiesen, damit der Prinz ein Konto eröffnen kann, irgendwo auswärts, ein Ofschoa-Konto. Das waren fünftausend Euro, aber was soll's, das ist nix gegen das, was zum Schluss rausspringt. Tja, man darf auch mal Glück haben im Leben, oder?«

Bleibier streckte sich künstlich, damit Manne nicht sah, wie er sich übers Gesicht wischte. Der nigerianische Prinz. Schon seit fünfzehn Jahren aus der Mode, weil niemand mehr darauf hereinfiel. Niemand außer einem Polizeimeister in Grumberg, der noch nicht einmal »Offshore« richtig aussprechen konnte. Er überlegte, wie er seinem Kollegen den Sachverhalt nahebringen konnte, da rumpelte es an der Tür. Ein Kopf mit Halbglatze erschien, die Nachmittagssonne dahinter ließ zwei Segelohren rot erglühen.

»Maazl, ich hätt' da was zu besprechen wegen dem Keschdefeschd.« Bürgermeister Fuchs machte eine Kopfbewegung in Richtung Ortsmitte. »Die Parksituation macht mir Sorgen, vielleicht gucken wir's uns mal an.«

Gemeinsam gingen sie los. Auf dem Weg zum Dorfplatz umriss der Bürgermeister umständlich das im Herbst anstehende Fest, das den Esskastanien ihren würdigen Platz im Grumberger Kalender einräumte. Doch Bleibier wusste, dass das Keschdefeschd nur ein Präludium war, das Fuchs in bester Pfälzer Gesprächstaktik voranschickte, bevor er zum eigentlichen Thema kommen würde. Der Kommissar kürzte ab: »Spar dir den Sermon, Louis. Sag einfach, worum's geht.«

Der Bürgermeister ging ein paar Schritte weiter und schaute sich furchtsam um, als erwarte er Mithörer im Dorfbrunnen. »Alla, bass uff. Die Sache mit den Veganleuten da oben im Stullwerk schlägt Wellen im Dorf, mehr als genug, und jetzt hab ich gehört, dass du deswegen sogar schon in Neustadt gewesen bist.«

Die Buschtrommeln funktionierten. Bleibier ahnte, worauf das Gespräch hinauslief. Fuchs lavierte herum.

»Also, hm, jetzt ist die Annalena, also, die ist ja ein ganz lieb Mädel, du kennst sie ja auch schon ewig, und jetzt ist sie da halt mal mit dabei. Ist ja auch egal, sie ist erwachsen, aber es lässt einen halt nie los, was mit den Kinnern ist, das kennst du doch bestimmt auch von der Susi.«

Bleibier spürte, dass die Tradition jetzt nach einer Floskel verlangte. Nach einem Schmiermittel, das wenig Aussagekraft hatte, aber das Gegenüber bestätigte und zum Weiterreden animierte. Er nickte bedächtig.

»Aus de Kinner wern die Leit.«

»Ja, ja, ja, ganz richtig«, nickte Fuchs erleichtert. »Und deshalb frag ich mich, wie weit, ich sag mal, wie weit deine Ermittlungen da denn gehen müssen. Vorhin zum Beispiel hab ich ein paar Leute vom Gemeinderat getroffen, ganz zufällig, und man babbelt über dieses und jenes. Alle sind der Meinung gewesen, dass man in die Sache nichts reininterpretieren sollte, was nicht da ist. Und natürlich hoffen wir, dass du das genauso siehst.«

Seine Forderung hatte er in ein nettes Gewand gepackt. Zum zweiten Mal innerhalb einer halben Stunde wollte jemand, dass Bleibier die Vorfälle auf sich beruhen ließ. Fuchs kramte etwas hervor. »Guggemol, das soll ich dir von der Annalena geben. Hat sie extra vorbeigebracht.« Es waren drei Dosen Hausmacher mit der eingestanzten Zickzacklinie, von einem roten Band mit Schleife zusammengehalten. Daran hing eine Karte mit drolligen Tierkindern, Schwein, Huhn, Ente und Kalb. Der Kommissar drehte die Karte um. *Hallo, Herr Bleibier, ich wollte Danke sagen für Ihre Unterstützung und Ihre Hilfe. Es ist*

super, dass wir und auch die Tiere auf Sie zählen kön-
nen. Liebe Grüße, Annalena.

Die Handschrift sah schwungvoll und weiblich aus,
ohne Ecken und Kanten, kleine Kringel als i-Punkte.
Es hätte ebenso gut Susis Schrift sein können. Bleibier
merkte, wie sein Herz warm wurde. Er ärgerte sich,
dass ein so einfacher Trick funktionierte, aber er war
eben auch ein Babba, und das wusste der Fuchselouis
genau. Ohne ein weiteres Wort ging er nach Hause.

Im Hof hörte Bleibier Wasser plätschern und gemur-
melte Flüche von Manne, es roch nach Mist. Er schlich
durch die Haustür und schloss sie leise hinter sich.
Das Wohnzimmer empfing ihn leer und unverwüs-
tet. Zum Glück, denn wer konnte schon wissen, wie
die Rache einer Elwetritsch aussah?

»Hallo?«, rief er halblaut. »Hallo, eh …«, wie hieß
das Wesen eigentlich? »… Elwetritsch?« Nichts. Fast
ein wenig enttäuscht ging Bleibier in die Küche, um
Abendbrot zu machen. Da hörte er ein klirrendes
Geräusch aus dem Keller.

»Hallo?« Noch immer keine Antwort. Mit einem
mulmigen Gefühl ging er die Treppe nach unten ins
Halbdunkel. Die Birne im Kellerflur wollte er schon
seit einem Dreivierteljahr austauschen. Nächste Woche,
ganz bestimmt. Er tastete sich zum Vorratskeller und
knipste die Deckenlampe an.

»Oh.«

Der Anblick war sehenswert. Die Elwetritsch
hockte inmitten leerer Flaschen und Dosen wie ein
König auf dem Thron. Riesling, Silvaner, Dornfelder
und Spätburgunder umgaben sie in verschiedenen Sta-
dien der Entleerung, die Hausmacherdosen von Metzger Bopp rollten ihre Deckel unschuldig nach oben
und zeigten, dass kein Krümelchen mehr in ihnen
steckte. Die Tritsch sah zufrieden aus und streckte
ihre Entenfüße von sich.

»Hat's geschmeckt?«, fragte Bleibier mit jener
Freundlichkeit, die bereits drohenden Ärger in sich
trug. »Oder soll ich dir noch ein Extralicht anma-
chen, damit du auch die allerhintersten Weinflaschen
findest?«

Die Elwetritsch schüttelte entspannt den Kopf.
»Nö. Wir Tritschen brauchen kein Licht, unsere
Augen sehen perfekt im Dunkeln.« Sie griff nach einer
Wurstdose und schaute nach, ob sich vielleicht doch
noch ein winziger Bissen darin befand.

Bleibier holte Luft, um sich aufzuregen. Wie jeder
Pfälzer konnte er sich gut in etwas hineinsteigern und
seinen Groll mit fantasievollen Kraftausdrücken aus-
schmücken, und gerade überkam ihn große Lust dazu.
Doch plötzlich passierte etwas Seltsames. Das Wesen
auf dem Boden und die Unordnung brachten ihn dazu,
den Keller, in den er nahezu täglich ging, bewusst

wahrzunehmen. Er sah das, was er sonst übersah: Kisten mit Kinderzeug von Susi, die Bleibier unmöglich wegwerfen konnte, daneben zwei alte Rodelschlitten, die Urlaubskoffer, ein rostiger Grill und das erste Geschirrset, das Thea und er gekauft hatten. Die Reste eines intakten Familienlebens, zur Mumifizierung weggesperrt. Mit einem Mal wehte die Wut des Kommissars davon. Er ließ sich neben die Tritsch auf den Boden sinken und fühlte sich müde und alt.

»Haben wir noch einen Schluck oder hast du alles weggegurgelt?«

Die Elwetritsch langte mit ihrem Flügel in eine der Kisten, holte eine Flasche hervor und öffnete sie mit ihrer Korkenzieherzunge. Ohne ein Wort hielt sie Bleibier den Wein hin, der ebenso schweigend ein angestaubtes Glas aus dem Regal nahm und es vollschenkte. Nach einer Weile fragte er: »Sag mal, habt ihr eigentlich Familie oder so? Zweierbeziehungen? Oder geht es bei euch …«, er machte eine wirbelnde Handbewegung, »… drunter und drüber, so im Allgemeinen?«

Die Tritsch griff nach einer leeren Dose und schabte mit dem Schnabel einen unsichtbaren Rest heraus. »Wir leben paarweise, so wie ihr. Aber in der Jugend geht's schon ›drunter und drüber‹«, sie imitierte seine Geste mit den Flügeln.

Bleibier konnte sich die Nachfrage nicht verkneifen. »Aha, und wie stelle ich mir das vor?«

»Wir haben sechsundvierzig Standardstellungen und ein paar Hundert eher exotische«, antwortete die Elwetritsch leichthin. »Der Akt selbst dauert sechs oder sieben Stunden, manchmal auch länger. Mein Rekord liegt bei zwölf.«

Zwölf Stunden. Bleibier schnaufte. Bei ihm wäre schon nach zwölf Minuten der Ofen aus, da gab es nichts zu deuteln.

»Das geht aber nur die ersten fünfzig oder sechzig Jahre so. Erfahrungen sammeln. Jugendsünden. Später dann, als Erwachsene, suchen wir uns einen festen Partner.«

Er brauchte einen Augenblick, um das Gehörte zu verdauen. »Hä? Fünfzig oder sechzig Jugendjahre?« Manne hatte beim sagenhaften Alter der Elwetritsche wohl nicht übertrieben. »Sag mal, wie alt werdet ihr denn?«

»Vierhundert Jahre sind durchaus drin, bei regelmäßiger Weinversorgung. Es hat auch schon Tritschen gegeben, die mehr als sechshundert geworden sind.«

Sechshundert Jahre. Damals hatte Gutenberg die Druckkunst erfunden und Kolumbus Amerika entdeckt. Bleibier wurde schwindelig. Elwetritsche rechneten wohl in anderen zeitlichen Dimensionen als Menschen. »Und wie alt bist du?«

»Ziemlich jung. Fünfzig.« Die Elwetritsch dehnte sich, als wollte sie sich von ihrem jugendlichen Körper überzeugen. Bleibier schwieg verdrossen und trank seinen Wein. Glückwunsch, das Federvieh und er waren gleich alt. Doch im Gegensatz zu Tritschen war bei Menschen mit fünfzig der Lack ab.

»Deshalb bin ich ja auch bei dir«, fuhr die Tritsch fort. »Du erinnerst dich: Jugendzeit bedeutet Erkundungszeit bei einem Hochbeiner.« Es klang, als würde sie von einer Strafe reden.

Die nächste Frage stelle Bleibier vorsichtig. »Und, eh, wie lang wirst du bei mir bleiben? Gibt es da eine Regel?«

»Klar. Die Erkundungszeit dauert zum Glück nicht sehr lang, nur zehn Jahre.« Die Elwetritsch schielte nach oben in die leeren Fächer. »Kleiner Tipp: Du solltest für die Zeit ein paar Vorräte mehr einkaufen.«

Bleibier wurde von einem Schwächeanfall heimgesucht und hing wie eine Marionette an den Regalböden. Zehn Jahre?! Da sollte er sich gleich einen Platz in Klingenmünster reservieren.

»Apropos, ich hätte noch ein bisschen Hunger. Der Gärpansen knurrt.« Pikiert stupste der Tritschenschnabel an eine der leeren Dosen, die scheppernd davonrollte. »Gibt es noch eine Kleinigkeit irgendwo?«

Der Kommissar fühlte sich zu matt, um zu widersprechen. Er raffte sich auf, ging nach oben und holte Annalenas Geschenk, die drei Dosen mit Schleifchen.

»Da. Sogar was ganz Besonderes. Teil's dir ein, mehr gibt's heute nicht.«

Mit ihrem Geweih-Trick öffnete das Vogelwesen eine Bratwurstdose und schmatzte. Bleibier hielt sich den Kopf. Zehn Jahre Zwangsheirat mit einer pubertierenden Elwetritsch. Was hatte er nur angestellt, dass ihn das Schicksal so beutelte?

Die Tritsch machte sich über die zweite Dose her, Leberwurst diesmal. »Gut«, nuschelte sie mit vollem Schnabel, »anders als die Übrigen, aber gut.«

»Ja, anders«, murmelte Bleibier, »ganz schön anders. Du kaust gerade auf Pflanzen herum, nicht auf Schwein. Auf Soja und Algen. Und auf Quinoa.«

Der Schnabel kratzte auf dem Dosenboden. »Nö«, quetschte die Elwetritsch zwischen zwei Bissen hervor, »Fleisch.«

Der Kommissar freute sich, dass sein unfreiwilliger Gast ausnahmsweise nicht das letzte Wort hatte. »Falsch. Das ist ein Erzeugnis von den jungen Leuten oben in der Fabrik. Vegan, hundert Prozent. Nur Pflanzen. Aber mach dir nichts draus, das dreiviertelse Dorf ist darauf hereingefallen. Ich auch.«

Die Tritsch tunkte ihre Zunge wie ein Analysegerät in die Wurstmasse und warf ihm einen Blick zu, als würde sie mit einem Schwachsinnigen reden. »Schweinebauch, Bindegewebe, Schweineleber, Zwiebeln, Salz, Pfeffer, Piment, Majoran, Muskatnuss. Nelken sind auch drin, da bin ich aber kein Freund von in der Lewwerworscht.«

»Nein«, beharrte Bleibier trotzig, »kapier's doch, das ist Vegankram. Schmeckt echt, ist aber Pflanze.«

Das Geschöpf antwortete nicht und leerte geräuschvoll die letzten Reste. Bleibier dachte an das phänomenale Gehör der Tritsch und daran, wie sie mit ihrem Schnabel den Bremsflüssigkeitsspuren nachgegangen war. »Bist du dir da sicher?«

Wieder kam der Blick, der ihn zu einem kleinen Bub vor dem strengen Lehrer machte. »Sehr sicher. Wir Tritschen haben eine feine Wahrnehmung, vor allem, wenn es um Pfälzer Spezialitäten geht, glaub's mir. Du kannst es gerne überprüfen lassen.«

»Tja, genau das ist das Problem.« Der Kommissar nahm die letzte VMG-Dose zur Hand und schaute auf die Zickzacklinie. »Es *ist* überprüft worden, sogar von zwei Laboren, und beide sagen dasselbe. Veganer Fleischersatz, kein Fitzelchen Schwein drin.«

»Dann haben eure Hochbeiner-Labore ein bisschen zu früh Feierabend gemacht.« Die Elwetritsch schaute hungrig auf die Dose. »Wär's das dann?«

Bleibier überließ ihr die Wurst und kam ins Grübeln. Was hatte Perner erzählt? Die VMGler hatten ihm verschweißte Plastiktüten gegeben mit ihrem Produkt in unterschiedlichen Fertigungsstufen. Plötzlicher Tatendrang erfüllte ihn, er ging nach oben und suchte im Netz nach der Nummer von Fresenius in Speyer. Trotz der späten Stunde ging jemand dran, ein Mitarbeiter dort hatte offensichtlich dieselben Arbeitszeiten wie Frau Dr. Kesselwirth-Schergmann. Eine Minute später wusste Bleibier Bescheid: Bei Fresenius waren ebenfalls Plastikbeutel eingegangen, versiegelt und sorgfältig beschriftet.

Er saß in seinem Wohnzimmer und starrte auf die Tierkinder-Karte von Annalena. Die Vegane Alternative war eine Mogelpackung – sie schickte pflanzliche Probetüten an die Lebensmittellabore, doch in ihren verschweißten Dosen befand sich ganz normale Pfälzer Wurst.

MITTWOCH

Bleibier erwachte nach einer unruhigen Nacht, weil sein Handy piepte. Die Tritsch war irgendwann verschwunden, er vermutete, dass sie lieber draußen nächtigte, sofern diese Wesen überhaupt Schlaf brauchte. Müde warf er sich herum und versuchte, die Details zusammenzufügen. Hatte der Privatdetektiv sterben müssen, weil er das Geheimnis der VMG gelüftet hatte? Es fiel dem Kommissar schwer, Annalena mit einem Mord in Verbindung zu bringen. Bei diesem Benno sah das schon anders aus – seine mühsam gezügelte Aggressivität ließ erahnen, was in ihm steckte. Und dreieinhalb Millionen waren verdammt viel Geld. Wenn der Betrug aufflog, bevor die Tinte auf dem Floßbacher Vertrag trocken war, schaute die VMG in die Röhre. Doch wie er es drehte und wendete, es blieb die Frage, was der Mann oben im Wald gesucht hatte.

Nun streckte er sich im Bett und fühlte sich gerädert. Der E-Mail-Ton seines Handys ging ihm auf die Nerven, schließlich überwog die Neugier. Kaum sah er den Absender, verflog seine Müdigkeit mit einem

Schlag. Dr. Hans-Joachim Bimmel von den Engel-
horn-Reiss-Museen.

*Sehr geehrter Herr Bleibier, Ihre Tochter Susanne
hat mir erzählt, dass im Grumberger Kirchenregister einzelne Seiten entwendet wurden. Glücklicherweise habe ich im Rahmen einer länger zurückliegen-
den Projektarbeit sämtliche Register abfotografiert,
sodass ich Ihnen die fehlenden Seiten im JPEG-Format
zusenden kann. Mit freundlichen Grüßen, Dr. Hans-
Joachim Bimmel, Kurator, Leiter der Abteilung Theo-
logische Regionalgeschichte.*

Bleibier öffnete die Grafiken und überflog die ersten Abschnitte. Das Bild vor seinem geistigen Auge
wurde glasklar.

In der Wache 1 fuhr Manne zusammen, als Bleibier
hereinstürmte, die ausgedruckten Papiere in der Hand.
»Manne, weißt du, was das Stullwerk früher gewesen ist?«

»Äh, was? Eine Holzfabrik natürlich.«

»Und davor?«

»Nix davor. Ist schon immer eine Holzfabrik gewesen, bis sie zugemacht worden ist. Mein Babba hat
dort geschafft.«

»Ha! Von wegen!« Bleibier wedelte mit den Blättern.
»Und zwar, bass acht: Da steht …«, er räusperte sich
und versuchte, die altertümlichen Worte flüssig vor-

zulesen, »…›so theilt die Companie Gebr. Weisbrod & Cie mit, den Urbanusstollen bei Grumpberg zum nächsten Winther aufzulassen. Die Kosten und Umläge seyen nicht tragend, derweyl Cobalt Ertz darniedergehe, so auch der Stollen. Die Flösze Mariahülf und Agatha würden dem Wasser anheym fallen. Das längste Flösz Bonifaz nebst Geleis, übersohlig, würde am gangstetigen Mundtloch mit einem Eisenthor verschlossen. Das Stollwerck selbst könne geschäftig umgelegt werden zur Holzfabric Bolender undt Söhne, derzeiten thätig zu Ramberg. So beschlossen zu Grumpberg im Jahre 19 Hundert undt 2‹.«

Manne schaute den Kommissar an, der sehen konnte, wie die Sätze im Gehirn des Polizeimeisters verschiedene Abteilungen durchliefen.

»Es ist … ein Bergwerk gewesen«, stellte er schließlich fest.

»Ganz genau! Ein Stollen, in dem Kobalt abgebaut worden ist, davon gab's früher eine Handvoll in der Pfalz. 1902 ist der Abbau dann eingestellt worden, weil er sich nicht mehr gelohnt hat.« Bleibier deutete zum Fenster, dorthin, wo sich die Hügel hinter Grumberg erhoben. »Das Werk, das am Stollen betrieben worden ist, haben die Eigentümer an einen Holzfabrikanten verkauft. Aber der Name, der ist bis heute geblieben. Stullwerk – Stollenwerk!«

Mannes Lippen formten die Worte stumm nach.

Dann hob er die Hand wie in der Schule. »Und was ist das mit diesen Flözen gewesen?«

Der Kommissar schaute auf die Papiere, an deren Rand er Kugelschreibernotizen gemacht hatte. Die Ausbeute einer schnellen Internetrecherche über bergbauliche Fachbegriffe.

»Uffbasse, jetzt kommt's nämlich. Das Bergwerk hat drei Stollen gehabt, die waren nach Heiligen benannt wie oft. Zwei sind später voll Wasser gelaufen. Aber das dritte, Bonifaz, hat übersohlig gelegen. Über dem Grundwasserspiegel. Es muss das größte gewesen sein, denn es wird ein Gleis erwähnt, also Bergbauloren zum Transport. Und hier heißt es, es *würde am gangstetigen Mundtloch mit einem Eisenthor verschlossen*. Ein Mundloch, das ist ein Stolleneingang an der Oberfläche, und ›gangstetig‹ heißt so viel wie ›am anderen Ende‹.«

Er wartete auf Mannes Reaktion, doch sein Kollege sah nicht erhellt aus. Wieder wedelte er mit den Papieren. »Kapierst du's? Es gibt einen alten Stollen unter der Fabrik, der quer durch den Hügel geht und irgendwo im Wald ans Tageslicht kommt. Damals ist er mit einem Eisentor verriegelt worden und dann über die Jahrzehnte zugewachsen. In Vergessenheit geraten, bis heute!«

»Das isses, was der Typ im Wald gesucht hat«, flüsterte Manne.

Bleibier nickte grimmig. »Und sicher auch gefunden. Deshalb hat er sterben müssen.«

»Aber warum? Ich meine, was ist denn drin in diesem Stollen?«

»Da ist was drin, was es eigentlich nicht geben darf. Nämlich eine Worschtfabrik.« Der Kommissar hatte Bertl Bopp öfter beim Wursten zugeschaut. Dazu brauchte man Maschinen, den großen Wolf, Eisbehälter, das Rührwerk, die Füllpresse. Nichts, was in einen kleinen Nebenraum passte. In einen unterirdischen Stollen sehr wohl. Er berichtete Manne von dem Geheimnis der fleischigen Vegan-Wurst, hielt seine Quelle aber wohlweislich bedeckt.

»Also so Lumbesäckl!«, regte Manne sich auf. »Machen wunner einen auf Tierschutz, und hinterm Rücken isses ganz normale Worscht. Beschiss ist das!«

»Aber ein lohnender Beschiss.« Bleibier dachte an die dreieinhalb Millionen. »Der Floßbacher Perner ist prompt auf das Schmu-Rezept reingefallen, wollte aber Geld sparen. Also hat er einen Schnüffler losgeschickt, um die Wurstzusammensetzung auf dem kurzen Dienstweg zu kriegen. Der blitzt mit seiner Gesundheitsamt-Show ab und kommt auf die Idee, in den Kirchenbüchern nach der Vergangenheit des Fabrikgebäudes zu blättern. Schlaues Kerlchen. Da steht nämlich drin, dass der Stollen einen zweiten Eingang hat. Er schneidet die Blätter raus, damit niemand anders diese Spur verfolgen kann, und macht sich auf die Suche. Den Eingang findet er zwar im Wald, aber die vegane Sippe überrascht ihn und ballert ihn um, damit er ihr kleines Geheimnis nicht verrät.«

Manne hörte mit offenem Mund zu, wie Bleibier die Geschehnisse der letzten Tage darlegte.

»Es gibt aber noch ein anderes Risiko, nämlich die Mainzer Geografen. Die rennen kreuz und quer durch den Wald auf der Suche nach irgendwelchen alten Holzschlag-Spuren. Was, wenn sie zufällig auf den Stollen stoßen? Schnipp-schnapp, schon ist die Bremsleitung gekappt, die Studenten rauschen bei Hussongs in den Hof und suchen das Weite. Jetzt steht einem Vertrag mit Floßbach nichts mehr im Weg, die Kasse kann klingeln.«

Voller Aktionismus erhob sich Manne. »Alla hopp, dann hoch zum Stullwerk und die ganz Bagaasch verhaften. Dann ist wieder Ruhe im Dorf.« Er sah aus wie eine Bulldogge, der man einen saftigen Knochen vor die Nase hielt.

Bleibier bremste ihn. »Longsom. Wir haben keinen Durchsuchungsbefehl, die werden uns nicht reinlassen, wenn wir an die Tür bollern. Und schlimmer noch: Dann sind sie gewarnt und können heimlich, still und leise ihren Krempel wegschaffen.«

Sein Kollege sackte in sich zusammen. »Ach nää. Der Keilhauer, der gibt uns doch niemals einen Durchsuchungsbefehl, im Lewe net. Der schicke seine eigenen Leute hin, dann steht er gut da, und wir gucken in die Röhre.«

»Ganz genau. Und deshalb machen wir's mit Trick siebzehn und kommen durch den Hintereingang.« Bleibier setzte sich rittlings auf einen Stuhl und rückte an den Polizeimeister heran. »Horchemol, du kennst dich doch gut aus im Wald, so als Wanderfreund. Hast du denn schon mal was von einem alten Tor gehört? Oder einem Gitter oder Stollen oder so?«

Manne schaute entrückt vor sich hin, Bleibier vermutete, dass er seine Wanderstrecken der letzten zehn Jahre durchging. Es folgte ein Kopfschütteln in Zeitlupe. »Nä, da weiß ich nichts von. Hier in der Gegend erst recht nicht. Ich meine, als Buwe sind wir jeden Tag im Wald rumgerannt und haben jeden Winkel erforscht. Da gibt's nichts.«

Bleibier hatte in seinen Kindertagen dasselbe gemacht, er erinnerte sich an den Wald als einen endlosen Abenteuerspielplatz. Und das alles ohne Handy und ohne Übermütter, die ihren Nachwuchs im Q7 zum Kinder-Tae-Bo fuhren. Eine einzige Regel gab es: Wenn's dunkel wird, bist du zurück, basta. Heutige Helikoptereltern würden Kammerflimmern kriegen. Doch auch er konnte sich nicht an ein Eisentor erinnern. So etwas wäre in Windeseile von Kindermund zu Kindermund geflogen. Sicher war der Stollen damals schon zugewachsen gewesen. Er musste weiter zurück in der Dorfgeschichte, weiter, als seine und Mannes Erinnerung reichte.

In der Palzstubb saßen trotz der vormittäglichen Stunde schon die üblichen Gesichter, allesamt alte Herren, im Dorf groß geworden. Sie hatten nicht nur die härteste Leber von Grumberg, sondern auch die meiste Ahnung von dem, was früher und ganz früher geschehen war.

»Guggemol do, de Verdlsbutze!«, riefen sie durcheinander. »Unn, schunn e paa Reiber verhaftet heit?« Er verzichtete dankend auf den angebotenen Schoppen und fragte die Männer aus. Alle kneteten die Unterlippe, tranken einen Schluck zur Auffrischung der Erinnerung und schüttelten schließlich die Köpfe. Keiner wusste etwas über ein Eisentor im Wald.

Bleibiers Weg führte danach zur Bäckerei Eller. Die Oma vom Eller Josef wachte wie jeden Tag am offenen Fenster, die fleischigen Arme auf ein Kissen gestützt. Ihre kleinen Augen ruhten nie, sie wusste, wer mit wem poussierte, wer die Arbeit verloren hatte, bei wem das Kreuzweh schlimmer geworden war und wessen Bankert einen blauen Brief von der Schule heimgebracht hatte. Dieses Wissen sammelte die Eller-Oma schon seit vielen Jahrzehnten, doch von einem verschlossenen Stollen hatte auch sie noch nichts gehört. Sie bekam große Ohren und wollte haarklein wissen, was Bleibier dort wollte. Der Kommissar band ihr einen Bären auf von einer entführten Millionärstochter aus Gimmeldingen und freute sich schon auf die Geschichten, die sie weitertratschen würde.

Seine letzte Hoffnung ruhte auf dem Jockel-Opa, von dem niemand wusste, wie alt er tatsächlich war. Seit Bleibier denken konnte, hockte Jockel auf der Bank vor seinem Haus mit Stock, Zeitung und einem Schoppen neben sich. Der Alte brauchte eine Weile, bis er Bleibier erkannte, er fragte nach jedem Satz »Hä?« und klopfte an sein Hörgerät. Als der Kommissar sich schließlich verständlich gemacht hatte, schüttelte Jockel den grauen Kopf. »Nä, e Tor odda so was im Wald, do weeß ich nix vun. Wuhää dann a, wonn des schun so long her is. So long lebt doch kään Mensch.«

Sein letzter Satz zündete in Bleibier eine Idee. Nein, Menschen lebten tatsächlich nicht so lange. Aber er kannte Wesen, die es taten.

»Tritsch, Tritsch!« Der traditionelle Ruf der Elwetritschejagd schallte in gedämpfter Lautstärke durch Bleibiers Garten. Mit einer getrockneten Bratwurst in der einen Hand und einer Flasche Weißburgunder in der anderen stapfte Bleibier durch die Beete, bog Brombeerranken zur Seite und warf einen kritischen Blick in seine Freiluft-Badewanne. Weder im

Haus noch auf der Terrasse hatte er die Tritsch finden können, also versuchte er sein Glück im Garten. Typisch. Das Wesen ging ihm seit Tagen auf die Nerven, aber wenn er es brauchte, war es wie vom Erdboden verschluckt.

Wieder gab er ein halblautes »Tritsch, Tritsch« von sich und hoffte, dass ihn die Nachbarn nicht für bekloppt hielten. Er hatte keine Ahnung, wie er die Elwetritsch sonst rufen sollte, schließlich kannte er noch nicht einmal ihren Namen. Sofern Tritschen überhaupt Namen trugen.

»Jetzt komm halt mal raus, ich muss mit dir reden! Tritsch, Tritsch!« Wie einen Köder ließ er die Wurst zwischen den Fingern baumeln, die er gerade beim Bopp gekauft hatte. Der Wein war entkorkt, hier und dort goss er einen Schluck auf die Erde. Er kam sich vor wie ein Schamane in den Urzeiten der Pfalz, der ein Opfer darbrachte.

Plötzlich spürte er Blicke im Nacken. An der Hausecke standen die Krawehlin und zwei ihrer Ratschtanten. Ausgerechnet.

»Mer habben dich rufe here uff de Gass und habben gedenkt, es is vielleicht ebbes bassiert«, erklärte die Wirtin mit Augen so groß wie Untertassen. Gierig sog sie das Bild auf: Der Kommissar, der mitten am Tag mit einer Bratwurst durch den Garten lief, Wein verschüttete und den Elwetritsche-Jagdruf ertönen ließ.

Möglichst unauffällig ließ Bleibier die Hand mit der Wurst hinter seinem Rücken verschwinden.

»Es ist nix«, winkte er ab, »ich hab nur Heuschnupfen wie verrückt in diesem Jahr.«

Theatralisch imitierte er ein Niesen und versuchte, eine Mischung aus »Hatschi« und »Tritsch« daraus zu machen. Wenig überzeugt nickten die drei. Ihnen war die Freude anzusehen, dieses Erlebnis brühwarm weitertratschen zu können. Schon beim Weggehen hörte Bleibier das Zischen ihrer spitzen Zungen.

Er atmete auf und holte die Bratwurst hervor. Zwischen seinen Fingern hing nur noch der Zipfel. Na endlich.

»Horch emol, ich muss mit dir reden, es ist wichtig. Aber auf der Terrasse, hier sehen uns die Nachbarn.«

Kaum saß er auf seinem Lieblingsstuhl, da wippten auch schon die Blüten der Hortensien. Zielstrebig watschelte die Tritsch auf den Weißburgunder zu, legte sich auf den Rücken und ließ den Rest der Flasche in ihren Schnabel plätschern.

»Ja, zum Wohl auch, und nein, ich will keinen Schluck abhaben«, knurrte Bleibier. Das freche Auftreten der Elwetritsch ärgerte ihn, aber er brauchte ihre Hilfe. Er erzählte ihr von den neuen Erkenntnissen. »So«, schloss er, »jetzt hast du ja gesagt, dass ihr euch ziemlich gut auskennt im Wald und ein paar von euch schon zig Hundert Jahre auf dem Buckel haben.

Ihr wisst doch bestimmt, wo dieser alte Stolleneingang versteckt ist, den kein Mensch mehr kennt.«

Die Tritsch sortierte ihre Brustfedern. »Nö«, antwortete sie in gelangweiltem Ton.

Bleibier glaubte, sich verhört zu haben. »Wie ›nö‹?«

»Nö. Wissen wir nicht.« Das Gefieder stand im Zentrum ihrer Aufmerksamkeit. Der Kommissar explodierte fast, weil sich die Tritsch wieder einmal die Würmer einzeln aus dem Schnabel ziehen ließ.

»Und warum wisst ihr das nicht? Wo ihr doch angeblich alles mitkriegt, was im Wald los ist?«, fragte er mühsam beherrscht.

»Weil uns dieser Teil vom Pfälzerwald nicht interessiert. Schon lange nicht mehr.« Die Tritsch strich ein letztes Mal über ihr Brustgefieder und nickte zufrieden. Für Bleibier sah alles aus wie vorher, aber er hatte auch nie gemerkt, wenn Thea beim Friseur gewesen war.

»Schau«, erklärte sie in geduldigem Oberlehrerton, »der Haardtrand ist seit eh und je Hochbeiner-Gebiet. Hier habt ihr eure Dörfer gebaut und Wein wachsen lassen, ein König ist auf der Trifels eingesperrt gewesen, ihr wart zwischendrin französisch und bayerisch, es gab geschwenkte Fahnen auf dem Hambacher Schloss, stramme Burschen unterm Hakenkreuz und einen dicken Kanzler, der jedem Gast Saumagen eingeflößt hat, ob er wollte oder nicht. Eure Geschäfte, nicht unsere. Deshalb sind wir schon vor langer, langer Zeit in die tieferen Waldregionen gewandert, weg von eurem Lärm und euren neugierigen Blicken.« Die Tritsch vollführte mit dem Schnabel ihr Pendant zum Schulterzucken. »Tja, und deshalb wissen wir nichts über irgendwelche Stollen und Gruben, die hier im Wald gebuddelt worden sind.«

Bleibier zerbiss einen Fluch zwischen den Zähnen. So viel zu seinem schönen Plan, mithilfe der Sagenwesen den geheimen Zugang zu finden.

Mit schief gelegtem Kopf schaute die Elwetritsch ihn an. »Der Hochbeiner, den ihr da oben tot gefunden habt – der ist vorher bei diesem Stollen gewesen?«

»Sieht so aus«, brummte der Kommissar. »Hat ihm zumindest ein paar Kugeln eingebracht.«

Die Tritsch sagte nichts und fing an, ihre Flügelfedern zu ordnen. Bleibier kannte sie inzwischen gut genug, um zu wissen, dass ihr Schweigen Absicht war. Er schaute zehn Sekunden lang zu, dann fragte er entnervt: »Warum?«

Das Vogelwesen flatterte mit den Flügeln, betrachtete die neu arrangierten Federn und warf ihm einen beiläufigen Blick zu. »Ist trockene Luft heute, oder?«

Bleibier verstand den Wink mit dem Zaunpfahl, trabte in den Keller und stellte eine weitere Flasche Weißburgunder auf den Terrassentisch. Entgegen seiner Gewohnheit entschloss er sich, schon zur Mittagszeit einen Schluck mitzutrinken. Er holte ein Weinglas aus der Küche und kam gerade noch rechtzeitig, um zu sehen, wie sich die Tritsch aus der Rückenlage hochschwang und die leere Flasche abstellte. Mordlust kroch in ihm hoch.

Sie tat, als sei nichts gewesen. »Wenn du wissen willst, wo der Tote hergekommen ist, zeige ich es dir.«

Bleibiers Killerinstinkt verwandelte sich in Neugierde. »Aha. Und wie?«

»Ein Hochbeiner, der durch den Wald rennt, hinterlässt Spuren. Ihr seht sie nicht, na ja, ihr seht im Wald eh nicht viel. Aber für uns Tritschen ist es so, als wäre ein Hornochse durchs Dickicht gebrochen. Wenn das Ganze erst ein paar Tage her ist, kann ich diese Spuren noch ziemlich gut verfolgen.«

»Sicher?«

Die Elwetritsch machte eine lässige Schnabelbewegung. »Ganz sicher.«

Der Kommissar fuhr hoch, rannte zur Wache und umkurvte Manne, der wie festgewachsen auf seinem Platz saß. Er wusste, dass dieser Alleingang nicht ungefährlich war. Leider konnte er seinen Kollegen nicht mitnehmen, wenn die Tritsch ihm den Weg zeigte. Doch er wollte wenigstens seine Waffe dabeihaben, für alle Fälle.

Im Abstellraum stand der Stahlschrank, in dem sie ihre Dienstpistolen aufbewahrten. Schon vor Jahren hatte Manne im Schließzylinder den Schlüssel abgebrochen und kurzerhand einen Riegel angeschweißt. Daran hing ein Zahlenschloss vom Baumarkt. Weil die Bedienungsanleitung verloren gegangen war und weder er noch Bleibier wusste, wie man die Zahlenkombination änderte, lautete sie noch immer 000. Das machte aber nichts, denn das Interesse der Grumberger erstreckte sich eher auf das Wetter und die Weinlese als auf die Dienstwaffen in der Wache.

Bleibier holte seine Pistole heraus und versteckte sie hinten im Hosenbund. Beim Hinausgehen fiel ihm auf, dass Manne an einem Paket nestelte. Er verschnürte drei Flaschen von Ansgars Spätlese mit Geschenkband und knotete eine gigantische Schleife.

»Was wird das, wenn's fertig ist?«, fragte der Kommissar.

Der Polizeimeister tätschelte die Flaschen stolz. »Das ist ein Geschenk, und zwar für den Prinz. Weil, dort in Nigeria, die haben bestimmt keinen gescheiten Wein. Erst recht keinen pfälzischen. Den kriegt er von mir, wenn er demnächst kommt.« Er zupfte die Schleife zurecht. »Wobei ich jetzt gar nichts mehr von ihm gehört hab, ob alles geklappt hat mit seinem Geld. Und mit meinem. Wundert mich.«

Bleibier hingegen wunderte sich kein bisschen. In Mannes Abwesenheit hatte er die Adresse *prince.sanabuko.olabukonola001@gmail.com* im Mailprogramm auf die Blacklist gesetzt und damit gesperrt. Den anschließenden Anruf bei Mannes Bank hätte er sich allerdings sparen können, die fünftausend Euro waren futsch. Teures Lehrgeld für einen sechzigjährigen Internet-Novizen. Da konnte ein bisschen Trost nicht schaden, fand er.

»Weeschd, Manne, der Prinz hat sicher viel zu tun mit den Reisevorbereitungen. Der bringt wahrscheinlich drei Rolls-Royce mit hier rüber, goldlackiert, und das muss ja alles organisiert sein.«

Erleichterung machte sich auf Mannes Gesicht breit. »Ajoh, das kann sein. Richtig, so was macht viel Arbeit.« Bleibier ergriff die Flucht, bevor das Gespräch noch absurdere Züge annahm. Sein Weg zum Wald führte ihn am Stullwerk vorbei. Die Fensterhöhlen waren vom Rauch geschwärzt, Keilhauers Spurensicherer hatten einen Teil des Gebäudes mit Flatterband abgesperrt. Gefunden worden war nichts außer Benzinspuren, das wusste Bleibier von der Krawehlin. Am Zaun und am Eingang hatten die VMGler Betreten-Verboten-Schilder aufgestellt. Sie waren seit der Brandnacht nicht mehr herausgekommen und ließen niemanden aus dem Dorf herein. Die Nerven lagen blank, und Bleibier kannte nun endlich den Grund.

Er betrat den Wald und spürte, wie das Licht dämmrig und die Luft würzig wurde. Nach zehn Schritten watschelte mit einem Mal die Elwetritsch an seiner rechten Seite. Bleibier hatte absichtlich aufgepasst, doch das Wesen erschien innerhalb eines Wimpernschlags wie aus dem Nichts.

»Dieses schnelle Auftauchen und Wegwitschen könnt ihr ziemlich gut, oder?«

Die Tritsch flatterte über eine Wurzel, bevor sie sich zu einer Antwort bequemte. »Müssen wir ja auch. Bei so vielen Hochbeinern im Wald.«

Trotz ihrer kurzen und platten Entenfüße schritt sie hurtig voran. Fasziniert beobachtete Bleibier das Farbenspiel der Pelzfedern, die sich dem Untergrund anpassten und zwischen Sandfarben, Grün und Braun wechselten. Die Tritsch war ihm großmäulig vorgekommen, als sie von »evolutionären Vorteilen« gesprochen hatte. Doch inzwischen überraschten ihn ihre Talente nicht mehr – das Vogelwesen passte tatsächlich perfekt in diesen Lebensraum. Er hütete sich allerdings davor, ihm das auf den Schnabel zu binden, um das Tritschen-Ego nicht noch größer werden zu lassen.

Von einem Augenblick zum nächsten verschwand die Elwetritsch, nur die Zweige schwangen nach. Bleibier fragte sich, was sie vertrieben hatte, doch ein paar Sekunden später wusste er Bescheid: Zwei Leute kamen ihm entgegen, der Stumpf Erwin und seine Frau Dorle, beide stramme Wanderer.

»Ou, de Maazl. Unn, wie?« Erwins Fragesatz beinhaltete in aller Kürze den gesamten Pfälzer Kosmos: Wie geht's? Was machen die Gesundheit und der Job? Gibt's etwas Neues in der Familie? Alles in Ordnung in der Nachbarschaft? Auf diese universelle Frage kannte das Pfälzische eine Antwort, die ebenso knapp ausfiel:

»Aja«, gab Bleibier zurück. Die drei nickten sich zu, jeder setzte seinen Weg fort. Der Kommissar schielte nach rechts, um das Auftauchen der Tritsch nicht zu versäumen. Ihre Stimme ertönte plötzlich von links.

»Sehr ausgefeilt, eure Kommunikation, das muss ich schon sagen.« Das Geschöpf bog spöttisch den Schnabel nach unten.

»Tja, das ist Pfälzisch. Wir können mit vielen Worten nichts sagen und mit wenigen Worten alles«, erklärte Bleibier nicht ohne Stolz. »Aber wie redet ihr eigentlich? Ich meine, ihr habt doch sicher eine eigene Sprache, oder?«

»Natürlich. Sie ist allerdings ein bisschen komplexer als bei euch Hochbeinern. Wir haben fünf Artikel und sieben Fälle, dazu zwölf Zeitformen. Kasus und Numerus werden über Lautstärke ausgedrückt, und unsere Possessivpronomen ändern sich je nach Stand des Mondes.«

Der Kommissar, den als Pfälzer schon Dativ und Genitiv überforderten, verzog keine Miene. »Aha. Und wie klingt das, wenn ihr miteinander redet? Ich habe noch nie echtes Tritschig gehört.«

»Doch, hast du. Sogar schon ganz oft. Hör zu.«

Die Elwetritsch holte Luft und öffnete ihren grünen Schnabel. Bleibier erwartete einen Urschrei oder ein Kreischen. Doch er hörte ... nichts. Nur die üblichen Waldgeräusche, den Wind, der durch die Blätter rauschte.

»Kommt noch was?«

Wieder ging der Schnabel auf, wieder rauschten die Blätter. Bleibier schaute nach oben – da wehte gar kein Wind, die Bäume regten sich nicht. Die Tritsch grinste ihn frech an, seine Stimmung sank. Er fragte sich, wie oft er bei Wanderungen schon den Lauten des Waldes gelauscht hatte, ohne zu ahnen, dass es in Wirklichkeit Elwetritsche waren, die sich gerade die Schnäbel zerrissen über seine Kleidung, seinen Bauch und seine schwindende Haarpracht.

Auf der Lichtung flatterte die Elwetritsch in die Höhe und ließ sich zielsicher an einer Stelle nieder, die sich in keiner Weise vom übrigen Bewuchs unterschied. »Hier hat der Hochbeiner gelegen.« Danach stocherte sie mit ihrem Schnabel im Gras, schnüffelte umher und watschelte zum Rand der Lichtung. »Und da ist er hergekommen.«

Der Kommissar war noch immer verstimmt. »Aha, wieso?« Er sah nur Bäume, Unterholz und Waldboden.

Die Elwetritsch warf ihm einen nachsichtigen Blick zu, der ihn noch mehr auf hundertachtzig brachte. »Er ist unvorsichtig gelaufen, na ja, wie ein Hochbeiner eben. Die Äste der Sträucher haben Dehnungsfugen, die zeigen, dass sie in eine bestimmte Richtung abgeknickt worden sind. Beim Moos gibt es Sickerwasserbrüche von einer scharfen Kante, nämlich einem Schuh. Und die Feuerkäfer haben ihre Pfade geändert, weil ein schweres Gewicht ihr Wegenetz plattgetrampelt hat.«

Bleibier glotzte die roten Krabbeltiere an, die ihn in seinem Garten nervten und von denen er niemals gedacht hätte, dass sie einmal seine Ermittlungen unterstützen würden. Die Tritsch flatterte derweilen weiter, sie umkurvte Bäume und Sträucher in gewagten Schlenkern. Zwischendrin watschelte sie auf dem Boden, dann zog sie sich mit Schnabel und Füßen in die Höhe, um von Ast zu Ast zu springen. Bei alldem verursachte sie kaum ein Geräusch. Der Kommissar kam sich dagegen vor wie ein Elefant, er stapfte durch das Unterholz, Äste splitterten, Ranken peitschten ihm ins Gesicht.

»Nicht so schnell!«, beschwerte er sich. Die Elwetritsch konnte die Spuren im Wald offensichtlich lesen wie ein offenes Buch, sie zögerte nie und hatte immer einige Meter Vorsprung. Bald schon hämmerte Bleibiers Herz. »Longsom!« Schweiß rann ihm in die Augen. Seine Erfolge als Stürmer beim SV Alemannia Grumberg waren lang her, drei Jahrzehnte und fünfundzwanzig Kilo, um genau zu sein. Plötzlich spürte er, wie etwas an seinen Haaren zog, er fuchtelte umher und wäre fast hingefallen.

»Psssst!«, hörte er eine Stimme nahe am Ohr. Die Tritsch hatte sich unbemerkt in eine Astgabel gepresst und hielt ihre Flügelspitze vor den Schnabel. Mit einer Kopfbewegung zeigte sie ins Dickicht, vorsichtig bog Bleibier die Zweige zur Seite. Vor ihm lagen ein offener Waldbereich und ein Steilhang, auf dem Büsche wuchsen. Er schaute genauer hin. Behauene Steine blitzten unter dem Grün hervor, die Bögen waren zu ebenmäßig, um natürlichen Ursprungs zu sein. Der Stolleneingang.

Die Tritsch glättete dermaßen selbstzufrieden ihr Brustgefieder, dass Bleibier sein Lob herunterschluckte. Leise trat er auf die freie Fläche vor dem Hang. Gras bedeckte den Boden, er konnte eine breite Zufahrt im Wald erahnen. Das musste der frühere Verladeweg sein.

Aus der Nähe wirkte der Hang riesig, die zugewachsenen Steine überragten den Kommissar in doppelter Mannshöhe. Hinter dem Gestrüpp fasste seine Hand an kaltes, rostiges Metall. Das Tor. Behutsam tastete er weiter und stieß auf einen offenen Spalt. Bleibiers Sinne waren gespannt. Der Privatdetektiv hatte dieselbe Entdeckung gemacht und den Tag nicht überlebt.

Er erschrak fast zu Tode, als die Tritsch neben sei-

nem Kopf vorbeiflatterte und sich mit ihren Entenfüßen ins Buschwerk krallte. »Ein geheimer Eingang
in den verbotenen Stollen!«, wisperte die Elwetritsch
mit übertriebener Aufregung in der Stimme. »Fast so
spannend wie beim ›Tatort‹!«

Bleibier ärgerte sich über den flapsigen Ton der
Elwetritsch. Immerhin ermittelte er in einem Mord-
fall. »Wie beim ›Tatort‹, haha. Woher kennst du den
überhaupt? Habt ihr einen Fernseher da bei euch im
tiefen Wald?«

»Nö. Aber im TV lernt man viel über euch, deshalb schauen wir gerne durch die Fenster von Cam-
pingwägen oder Häusern am Waldrand. Sonntag-
abend, Zwanzigfünfzehn. Ich mag die Münsteraner
am liebsten.«

Der Kommissar hatte das schräge Bild vor Augen,
wie eine Horde Elwetritsche am Fenster eines Wohn-
wagens klebte und sich an den Streichen von Boerne
und Thiel ergötzte. Gerade wollte er etwas sagen, da
klappten die Löffelohren der Tritsch nach oben.

»Es kommt jemand«, zischte sie. »Hinter uns aus
dem Wald.«

Der Kommissar zweifelte keine Sekunde an der Trit-
schenwahrnehmung. Zum Wegschleichen reichte die
Zeit nicht mehr, er zog den Bauch ein und schob sich
durch den Spalt ins Innere des Stollens. Kühle Luft
und Dunkelheit empfingen ihn, er sah kaum etwas

nach dem hellen Licht draußen. Halb blind stolperte er nach rechts und ging hinter etwas Großem, Eckigem in Deckung. Sein Herz klopfte. Nach und nach gewöhnten sich seine Augen an die Dunkelheit. Bleibier stellte fest, dass er hinter einer alten Bergwerkslore kauerte, die der Rost schwarz gemacht hatte. Die Felsdecke erstreckte sich hoch über ihm, der Stollen musste gewaltige Ausmaße haben. Nun wurde er auf Geräusche aufmerksam, Stimmen erklangen, eine Maschine quietschte, etwas brummte, das Ganze klang wie eine Fabrik unter Tage. Annalena und ihre Freunde stellten wohl gerade eine neue Fuhre Schummelwurst her.

Kaum hörbar zischte Bleibier: »Hab ich euch!« und lugte vorsichtig an der Lore vorbei. Vor Erstaunen klappte sein Mund auf. Hier wurde keine Wurst gemacht. Und es waren auch nicht die VMGler, die hier unten werkelten.

Im Schein von Baustrahlern parkten Luxuskarossen im Bergwerk, der Kommissar erkannte einen Jaguar, zwei schnittige Porsche, einen Maserati und einen knallroten Ferrari. Drei fremde Männer liefen zwischen Werkzeugtischen umher, sie trugen Stoppelbärte und sahen aus, als sei mit ihnen nicht gut Kirschen essen. Einer hielt eine Flex in der Hand und kroch unter den Ferrari. Damit beantwortete sich wohl die Frage, was mit Adalbert Perners Gefährt passiert war.

Bleibier konnte seine Augen kaum losreißen. Die Autodiebstähle der letzten Wochen führten in einen alten Kobaltstollen bei Grumberg! Offensichtlich wurden die Wagen hier frisiert, um sie danach weiterverkaufen zu können. Er schob seinen Kopf noch ein Stück weiter vor. Auf der rechten Seite des Stollens wurde ein weiteres Fahrzeug sichtbar, keine Edelmarke, sondern ein Abschleppwagen. Ein gelber Lkw mit großer Ladefläche und groben Stollenreifen.

Als Bleibier den Zusammenhang begriff, erscholl auch schon eine Stimme in direkter Nähe. »Hab ich eich net gsaacht, dasser des Tor gscheid zumache solln, wonna noikummen? 's is schunn widda offe!«

Ditze schob seine massige Gestalt durch den Spalt ins Innere des Stollens, Bleibier kroch in Windeseile hinter die Lore. Soeben hatte sich das Rätsel um die defekten Bremsen des Studentenbusses gelöst. Kein Wunder, dass Ditze die zerschnittene Bremsleitung nach dem Unfall »übersehen« hatte.

Mit beiden Fäusten packte Ditze einen Eisenriegel und verschloss damit das Tor. Der Riegel quietschte laut, der Widerhall geisterte durch den Stollen. Bleibier registrierte, dass sein Rückweg damit abgeschnitten war. Niemals würde er den Riegel so leise bewegen können, dass die Männer es nicht merkten.

»Hopp jetz, schaffen de erschde Karre uff de Laschda. Ich will, dass ma in äänre Stunn alles raus hawwen.« Ditze holte Arbeitshandschuhe von der Ladefläche seines Abschleppers. »Do is zu viel los im Derfl, iwwarall Leit. Ich brauch net noch enna hier, de Letschde is schun zu viel gewest.«

Bleibier lehnte sich mit dem Rücken an die Felswand hinter. Der arme Privatdetektiv, er hatte geglaubt, durch einen vergessenen Tunnel ins Stullwerk und damit an das vegane Rezept zu gelangen. Stattdessen stolperte er über eine Autoschieberbande, die mit dem unfreiwilligen Zeugen kurzen Prozess machte. Ein paar Hundert Meter Fluchtstrecke hatte er noch geschafft, dann war sein Weg zu Ende gewesen.

Er zog sein Handy aus der Tasche, deckte das Display ab und lugte vorsichtig darauf. Natürlich, kein Empfang, wie so oft im Pfälzerwald. Und jetzt? Wenn er hier hocken bleiben und abwarten würde, wäre die Bande bald schon über alle Berge. Andererseits wollte er sich ungern mit vier Schwerkriminellen anlegen, die schon einen Mord auf dem Gewissen hatten. Zumal seine letzte Schießübung so lange zurücklag, dass er die Feierabendschorle mit den Kollegen noch in D-Mark bezahlt hatte. Der Kommissar seufzte. Ausnahmsweise hätte er diesen Fall gerne an Keilhauer abgegeben.

Im Zeitlupentempo schob er den Kopf in die Höhe. Der Stollen war seinerzeit wohl eine Art Verladestation gewesen, neben dem Abschleppwagen standen weitere Loren, krumme Schienen liefen über den Boden. Weiter hinten führten zwei schmale Gänge in den Berg hinein. Bleibier brauchte keine Sekunde, um eine Entscheidung zu treffen. Diese Gänge mussten ins Stullwerk münden, dort würde er irgendwie ans Tageslicht finden und könnte Alarm schlagen.

Die Autodiebe und Ditze scharten sich um den Ferrari. Die Klappe über dem Mittelmotor stand offen, man stritt, offensichtlich gab es Probleme. Der Kommissar schlich an der Felswand entlang und verbarg sich so gut wie möglich im Schatten. Rostiges Gerät aus vergangenen Zeiten stand im Weg, er stieg hindurch wie ein Storch im Salat und schaffte es in den hinteren Bereich. Ein Blick über die Schulter zeigte ihm, dass die Männer noch immer diskutierten. Vor ihm lagen die beiden Gänge, niedrig und nach Bergmannsart mit Holzbalken gestützt.

Welcher der beiden würde zum Stullwerk führen? Diese Frage beschäftigte Bleibier einen Wimpernschlag zu lang, er machte einen Schritt nach vorne, ohne den Weg zu überprüfen. Sein Fuß stieß an etwas Festes und kickte es zur Seite, reflexartig griff er zu. Die Finger seiner rechten Hand umschlossen ein verrostetes Gitterblech, das wackelig an der Wand lehnte. Sein siebter Sinn registrierte, dass noch etwas anderes in Bewegung geraten war, mit der linken Hand schnappte er gerade noch rechtzeitig eine herabstürzende Werkzeugkiste. Wie ein Jongleur stand der Kommissar da, Gitter und Box in den Händen. Kein Geräusch, kein verräterischer Aufschlag auf dem Boden. Er gestattete sich ein kurzes Durchatmen. Da öffnete sich der Deckel der Kiste. Leider besaß der Kommissar keinen dritten Arm, deswegen konnte er nur hilflos zusehen, wie zwei Dutzend Werkzeugteile herauspurzelten.

Das metallische Scheppern hatte die Wirkung einer Bombe. Die vier Männer am Auto fuhren hoch, eine der Lampen wurde ruckartig gedreht, plötzlich stand Bleibier im Lichtkegel.

»De Dorfbulle! Scheiße!« Während Ditze noch fluchte, hatten zwei seiner Kumpane bereits ihre Waffen in der Hand. Ein Schuss bellte, der Widerhall wurde vervielfacht und brachte Bleibiers Ohren fast zum Platzen. Neben ihm knallte die Kugel in den Fels und riss Steinsplitter heraus, der Kommissar wirbelte geistesgegenwärtig herum und sprang in den nächstliegenden Stollen. Die Dunkelheit gab ihm zwar Schutz, doch gleichzeitig machte sie ihn blind. Mit vorgestreckten Armen hastete er weiter, donnerte an eine Wand, drehte sich zweimal um sich selbst und hatte keine Ahnung mehr, wo rechts und links war. Zuckende Lichter schnitten ihm ins Auge, Taschenlampen, die Kerle kamen gerannt, wieder krachte ein Schuss. Bleibier torkelte weiter in die Dunkelheit hinein. Sein Handylicht kam nicht infrage, es würde ihn zur perfekten Zielscheibe machen. Er fing an, mit dem Mut der Verzweiflung die Pistole aus der Hosentasche zu fummeln, da flatterte plötzlich etwas Pelziges um ihn herum. Vor Schreck schrie er auf, ein Gewicht drückte ihm ins Genick, zwei Schwingen umfassten seinen Kopf, die Stimme der Tritsch erklang ganz nah am rechten Ohr.

»Lauf! Ich zeig dir den Weg, lauf einfach.«

Die Todesangst machte Bleibier Beine. Ohne nachzudenken, hetzte er los, hinter ihm brüllten die Kerle, zwei weitere Schüsse krachten. Blind wie ein Maulwurf rechnete er damit, jede Sekunde gegen eine Wand zu prallen, doch die Tritsch hatte ihn buchstäblich im Griff. Mit ihren Flügeln drehte sie seinen Kopf nach rechts und links, er folgte instinktiv und rannte in die vorgegebene Richtung. Dann und wann hackte der Schnabel auf seinen Kopf, dann duckte er sich und meisterte Engstellen, die ihm ansonsten prächtige Beulen beschert hätten. Inmitten seines Adrenalinrauschs kamen ihm die Worte der Tritsch in den Kopf, als sie gestern seine Weinvorräte im Keller dezimiert hatte: *Wir brauchen kein Licht, unsere Augen sehen perfekt im Dunkeln.* Selten war er so froh gewesen über die extravaganten Tritschenfähigkeiten.

Die Stimmen der Autoschieber verhallten allmählich, sie konnten trotz ihrer Taschenlampen nicht mithalten und verloren die Spur des Kommissars. Nach drei weiteren scharfen Abzweigungen keuchte Bleibier: »Sag mal, wohin führst du mich eigentlich? Das ist ja der reinste Irrgarten hier unten!«

»Spar dir den Atem, den brauchst du zum Laufen«, antwortete die Tritsch trocken und gab ihm mit ihren Entenfüßen die Sporen, der wilde Ritt durch die Dunkelheit ging weiter. Nach schier endlosen Kurven zog sie an Bleibiers Haaren und machte »Brrrr!«, der Kommissar kam sich endgültig vor wie ein Pferd und hielt folgsam an. Sein Herz hämmerte, der Schweiß lief aus allen Poren. Die beiden Flügel klappten von seinem Kopf weg und flatterten, das Gewicht in seinem Genick verschwand.

»Jetzt wäre der Augenblick für deine Telefon-Funzel gekommen.«

Er war zu schwach, um etwas zu sagen, und schaltete sein Handylicht an. Einen halben Meter vor ihm verschloss eine eiserne Tür den Gang, groß, rostig und mit einem Drehrad ausgestattet.

»Wo … sind wir?«, ächzte Bleibier im Rhythmus seines Keuchens. Die Tritsch gab keine Antwort, stattdessen deutete sie vielsagend auf die Pforte. Der Kommissar packte das Rad und versuchte, es zu bewegen, bis seine Knöchel weiß wurden. Endlich rührte es sich, nach zwei Umdrehungen ging die Tür quietschend auf. Der Schein seines Telefons beleuchtete einen gemauerten Raum, in dem Gerümpel stand, Sägeböcke und staubige Holzpaletten.

»Wir sind unterhalb vom Stullwerk!«

Die Elwetritsch watschelte hinter ihm her. »Was du nicht sagst«, gab sie gelangweilt zurück. Bleibier beherrschte sich, damit er sich nicht gleich wieder aufregte. Verblüffend, wie schnell ihn dieses überhebliche Federvieh auf die Palme bringen konnte. »Wie hast du den Weg hierher gefunden?«

»Ich bin dem Geruch gefolgt.« Sie schnüffelte übertrieben und ließ ihren Schnabel wackeln. »Ist ja nicht allzu schwer gewesen.«

Der Kommissar zog prüfend die Luft ein. Tatsächlich, ein hauchfeines Aroma lag in der Luft, das ihm bekannt vorkam. Die Tritsch musste ein fantastisches Riechorgan haben, wenn sie es schon am Anfang des Stollens wahrgenommen hatte. Aber was war es? Er schloss die Augen und ließ sich von der Erinnerung leiten. Sie führte ihn in Bertl Bopps Wurstküche. Es roch nach Siedefleisch, nach Gewürzen und warmem Fett. Hier wurde Wurst gemacht!

Grimmig trat Bleibier auf eine weitere Tür am gegenüberliegenden Ende des Kellerraums zu, ließ den Riegel aufknallen und öffnete sie mit einem Ruck. Zu Tode erschrocken fuhr Roberto herum und starrte ihn an wie eine Erscheinung. Der junge Mann trug eine Metzgerschürze, um ihn herum standen sämtliche Apparate, die zur Herstellung von Pfälzer Hausmacher gebraucht wurden: Fleischwolf, Rührwerk, Dosenpresse, daneben lagen grobe Stücke Schweinefleisch und glänzende Schwarten.

»Ich nehm noch drei Dosen von eurer veganen Wurst«, grollte Bleibier, »die ist gut, fast wie echt.«

Roberto erholte sich von seiner Überraschung, seine Augen verengten sich. »Sie!«, zischte er und griff nach einem Knochenbeil. Doch der Kommissar war auf Zack und hatte schon seine Pistole in der Hand. »Alles hat ein Ende, auch die Wurst. Zumindest eure.« Zufrieden mit seinem Spruch deutete er auf eine Treppe mit Eisentür, die, so vermutete er, nach oben zum Hauptgebäude führte. Roberto hob ansatzweise die Hände und drehte sich um. Dann ging alles ganz schnell. Vielleicht hatte der unterirdische Dauerlauf den Kommissar erschöpft, vielleicht ließen seine Reflexe im Laufe der Jahrzehnte nach – warum auch immer, er nahm die blitzartige Bewegung eine Winzigkeit zu spät wahr. Robertos Bein traf einen Holzbalken, der zu einem Hochregal gehörte. Bleibier schaffte es kaum, die Arme hochzureißen, da donnerten auch schon Kanister und Vorratsdosen auf ihn herab, bunte Blitze zuckten vor seinen Augen, die Pistole fiel zu Boden und schlidderte davon. Gerade noch rechtzeitig konnte er einem Faustschlag ausweichen, dann funkelte das Beil vor ihm.

»Ganz schlechte Idee, hierherzukommen.« Aus Robertos Stimme sprühte der Hass, nichts erinnerte mehr an die Rolle des intellektuellen Künstlers, die er sonst spielte. Der Kommissar erhob sich halb und hob beschwichtigend die Hände.

»Hören Sie, wir können über alles reden. Lassen Sie uns …«

»Halt's Maul!« Das Knochenbeil sauste herunter. Bleibier zuckte zur Seite, die Klinge traf mit hellem Ton auf den Edelstahlwolf, doch schon holte Roberto wieder Schwung. Halb kriechend bewegte sich der Kommissar rückwärts und versuchte, zwischen den Apparaten Schutz zu finden. »Mach was! Mach doch was!«, rief er der Tritsch zu. Er sah sie zwar nirgends, doch das Vogelwesen musste irgendwo stecken. In derselben Sekunde wurde ihm allerdings klar, dass die Elwetritsch trotz Korkenzieherzunge und Dosenöffnergeweih nichts gegen einen beilschwingenden Irren ausrichten konnte. Nach einer weiteren Attacke entschied er sich für Plan B, holte Luft und brüllte, so laut er konnte: »Hilfe! Hier unten im Keller, die Polizei, Bleibier, Hiiiiilfeee!« Es war ihm trotz der lebensgefährlichen Situation peinlich, um Hilfe zu rufen wie ein Junge im Sandkasten, wenn der gemeine Nachbarsbub kam. Als einzige Reaktion kam ein böses Lachen von Roberto. »Hier unten können Sie schreien, so laut Sie wollen. Die Wände sind so dick, da brauchen Sie schon eine Alarmanlage.«

Kaum hatte er ausgesprochen, da erhob sich ein

jaulender Ton, der immer lauter wurde und in ein schrilles Pfeifen überging. Die metallenen Gerätschaften fingen an zu scheppern, unwillkürlich hielt Bleibier sich die Ohren zu, Roberto senkte das Beil und schaute sich panisch um. Das Geräusch ließ sich nicht orten, er stürmte hierhin und dorthin. Der Kommissar nutzte die Gelegenheit, ließ sich auf den Boden fallen und suchte nach seiner Waffe. Er war der Tritsch zutiefst dankbar, dass sie ihren Einsatz nicht verpasst hatte und eine bisher unbekannte Fähigkeit demonstrierte: das Kreischen in Düsenjägerlautstärke. Das Jaulen musste überall im Stullwerk zu hören sein, kein Zweifel. Und tatsächlich, schon wurde die Eisentür geöffnet, auf der Treppe erschien Benno, der Brocken. Verwirrt schaute er in den Raum und warf Roberto einen unsicheren Blick zu. Das Jaulen hörte auf, der Lärm gellte in Bleibiers Ohren nach.

»Was ist los, was ... was ist hier, Alarm oder was?« Benno kam die Stufen herab.

»Du Idiot, mach die Tür zu, schnell, bevor die Anna kommt!«, zischte Roberto. Er schwitzte und sah mit seinem Beil aus wie eine Figur aus dem Horrorkino. Benno schaute sich um, die Situation überforderte ihn sichtlich. Schwerfällig lief er die Treppe hinauf, doch zu spät: Annalena erschien im offenen Durchgang. Ihr Blick traf die Wurstmaschinerie und das Schweinefleisch, sie blieb wie angewurzelt stehen.

»Roberto«, hauchte sie, »was macht ihr denn da?«

Bleibier war noch immer auf der Suche nach seiner Pistole. An Annalenas Stimme hörte er, dass sie von dem, was hier ablief, keine Ahnung hatte. Sieh an, dachte er, die beiden Halbbrüder stecken unter einer Decke. Oben haben sie ein veganes Pseudolabor aufgebaut, derweilen wird hier unten die echte Wurst gemacht. Und die arglose Kleine haben sie dazugeholt, um Sympathiepunkte bei der Vermarktung zu kriegen. In diesem Augenblick schob sich seine Waffe wie von Geisterhand unter der Dosenpresse hervor, er riss sie hoch. Aber schon stürzte Roberto auf Annalena zu. Grob umfasste er ihren Arm und zog sie mit sich.

»Aua, du tust mir weh!«, schrie sie und versuchte, sich loszumachen, doch vergebens. Ihre Augen wurden groß, als sie den Kommissar erkannte, der mit seiner Pistole im Anschlag zwischen den Maschinen kauerte.

Roberto schob das Mädchen vor sich und drückte das Knochenbeil an ihren Hals. »Weg mit der Waffe. Weit weg.« Sein Ton war gefährlich ruhig und nahe am Wahnsinn. Bleibier tat, was er verlangte, die Pistole rutschte durch den Raum bis zur hinteren Wand. Es hatte keinen Sinn, mit dem Leben von Annalena zu spielen, die starr vor Schreck dastand, Tränen auf den Wangen.

»Was wollen Sie erreichen, Roberto?«, fragte er. »Sie können die Sache hier nicht ewig am Laufen halten, und dann ist Ihr Deal mit der Floßbacher Mühle geplatzt. Lassen Sie's sein, bevor noch etwas Schlimmes passiert.«

Er lachte arrogant. »Geplatzt? Von wegen! Das Geschäft ist perfekt, Benno und ich müssen nur noch das Geld holen. Der saubere Herr Perner hat sich auf Barzahlung eingelassen, damit er nichts den Aufsichtsbehörden melden muss und alles unter der Hand abwickeln kann. Das sind die letzten Dosen, die wir für ihn machen, danach brauchen wir das hier alles nicht mehr.«

Annalena drehte sich halb zu ihm um. Mit tränenerstickter Stimme fragte sie: »Und ... und was ist mit uns? Mit uns beiden?«

Seine Stimme klang kalt. »Glaubst du, ich will den Rest meines Lebens mit einem Mädel aus Grumberg verbringen? Du bist gut für die vegane Show gewesen, und fertig.«

So zart sie auch aussah, es wohnte wahrhaftiges Pfälzer Temperament in Annalena. Schneller als der Blitz hieb sie ihre Zähne in Robertos Arm, den er vor ihren Körper hielt, gleichzeitig riss sie das Knie nach oben und traf ihn voll in die Juwelen. Mit einem erstickten Schrei ließ er das Beil fallen und klappte zusammen. Bleibier konnte die Qualen fast als Phantomschmerz spüren, während er hochfuhr und auf die VMG-Gruppe zusprang. Doch Roberto war hart

173

im Nehmen. Er schleuderte Annalena zur Seite, die auf einen Tisch krachte und die Schüsseln scheppern ließ. Schon ging er wieder in Kampfhaltung und parierte den Angriff des Kommissars, Bleibier spürte einen Faustschlag und fragte sich unwillkürlich, wann er sich zum letzten Mal geprügelt hatte. Es musste lange her sein, entschied er, als ein weiterer Hieb in seinen Magen krachte. Bevor er reagieren konnte, spürte er bereits Robertos Hände an der Kehle. Der Druck war erbarmungslos, er hatte das Gefühl, sein Kehlkopf würde in die Luftröhre hineingepresst. Schillernde Ringe erschienen vor seinen Augen – da erfüllte mit einem Mal ein mechanisches Zischen den Raum. Wie von Geisterhand erwachten Dosenpresse und Fleischwolf zum Leben, eine Vakuumpumpe fuhr hoch, eine Untersetzung jaulte. Die Geräusche lenkten den Angreifer eine Sekunde lang ab, Bleibier bedankte sich innerlich bei der Tritsch, hebelte Robertos Arme zur Seite und nahm ihn eisenhart in den Würgegriff.

»Benno, schlag ihn um!«, keuchte Roberto und wand sich. Der Kommissar sah einen Schatten wachsen, das Muskelpaket kam heran. Er versuchte, sich wegzudrehen, doch sein Bewegungsspielraum war gleich null, wenn er seinen Gegner nicht loslassen wollte.

»Jetzt mach schon!«

Bleibier nahm wahr, dass Benno zwischen den Kämpfenden und Annalena hin- und herschaute. Sie rutschte halb vom Tisch und blutete aus einer Kopfwunde. Nun endlich hob Benno seine gewaltige Faust, der Bizeps spannte sich, Bleibier verabschiedete sich von seinen Zähnen. Mit der Kraft eines Dampfhammers knallte der Schlag hinein – mitten in Robertos Gesicht. Der junge Mann wurde von der Wucht nach hinten gefegt, überschlug sich halb und riss im Fallen einen Stapel Dosen um. Ein Werbeplakat, das darauf gelegen hatte, flatterte herab. Roberto schloss die Augen in seliger Ohnmacht, das Plakat legte sich wie eine Schlummerdecke über ihn. »Alles, was die Worscht braucht«, stand in großen Lettern darauf.

SAMSTAG

»Benno ist in Annalena verliebt gewesen!« Bleibier brachte das Wasser in seiner Colt-Seavers-Gedächtnisbadewanne zum Plätschern. »Die ganze Zeit stand er im Schatten seines Halbbruders, hat heimlich von ihr geschwärmt und nicht aufgemuckt. Aber als Roberto dann so grob mit ihr umgesprungen ist, sind bei ihm die Sicherungen rausgeflogen.«

»Ich würde sagen: Gerade noch zur rechten Zeit«, kam die Stimme der Tritsch aus den Hortensien neben der Wanne. Bleibier hatte einige Töpfe von der Terrasse in den Garten geschleppt, damit die Elwetritsch vor neugierigen Nachbarsaugen verborgen blieb. Nun hockte sie inmitten der Pflanzen, klimperte mit einer Rieslingflasche und genoss ebenso wie der Kommissar das milde Nachmittagslicht. In solchen Stunden hätte Bleibier die Hügel, die Bäume und die Reben am liebsten umarmt, um ihnen näher zu sein.

Er nickte versonnen und nahm einen Schluck aus seinem Dubbeglas. Das Abenteuer war dank Bennos Schlagkraft gut ausgegangen, auf die Halbbrüder wartete ein Prozess wegen gewerbsmäßigen Betrugs.

Auch die Autoschieberbande saß hinter Schloss und Riegel. Der Kommissar hatte befürchtet, die Autos seien längst schon verladen, bis er in Neustadt Bescheid geben konnte. Doch Keilhauers Einsatzkommando fand sämtliche Wagen mit platten Reifen im Stollen, die Experten meinten, das Gummi wäre mit Korkenziehern durchstoßen worden. Was genau sich zugetragen hatte, konnte nicht geklärt werden, denn die Autodiebe hatten ganz offensichtlich Drogen konsumiert: Sie erzählten wirres Zeug von geflügelten Wesen mit Korkenzieherzungen, die urplötzlich im Bergwerk aufgetaucht seien und sich über die Reifen hergemacht hätten.

»*Ah, la Famiglia.*« Bleibier wedelte italienisch mit der Hand und bemühte sich um eine Stimme wie Don Vito Corleone. »Keine schlechte Idee, deine Verwandtschaft in den Stollen zu holen.«

»Ich dachte mir, dass wir vielleicht Hilfe brauchen würden«, gab die Tritsch zurück. »Deshalb habe ich sie gerufen, bevor wir durch das Tor reingegangen sind.« Ein kratzendes Geräusch verriet, dass sie sich den Inhalt einer Hausmacherdose einverleibte. Bleibier hatte im Rahmen der polizeilichen Stullwerks-Begehung sämtliche Wurstvorräte konfisziert und sie unter der Hand in seinen eigenen Keller gebracht. Schließlich musste er auf unbestimmte Zeit eine nimmersatte Elwetritsch durchfüttern.

»Wer hat eigentlich das Feuer in der Fabrik gelegt?«, fragte sie zwischen zwei Bissen. Der Kriminalfall mit all seinen verzwickten Details hatte ihr Interesse geweckt, obwohl sie normalerweise von »Hochbeiner-Angelegenheiten« partout nichts wissen wollte.

»Das ist auch dieser Benno gewesen, er hat quasi den eigenen Stall angezündet. Die ganze Sache ist ihm allmählich zu heikel geworden, er wollte, dass die Betrügerei mit Annalena aufhört. Aber er ist Roberto natürlich nicht gewachsen gewesen, zumindest intellektuell nicht. Also hat er Feuer in der Werkshalle gelegt und danach die anderen wachgerüttelt, damit niemandem ernsthaft etwas passiert. Eine Art Warnschuss, der aber leider nichts gebracht hat.«

Bleibier lehnte sich zufrieden zurück und schaute den Wellen zu, die am Rand der Wanne schwappten. Der Fall war gelöst. Mit tritschiger Unterstützung hatte die Wache 1 vorzügliche Arbeit geleistet und es sogar in den überregionalen Teil der Rheinpfalz geschafft. Keilhauer kochte, musste aber gute Miene zum bösen Spiel machen. Auf dem Zeitungsfoto lächelte er zitronensauer, während Bleibier vom Landrat höchstpersönlich die Hand geschüttelt bekam. Es gab nur eine Kleinigkeit, die den Kommissar nicht losließ. Das letzte Rätsel von Grumberg. Doch er hatte einen begründeten Verdacht.

»Sag mal, wie hast du eigentlich die vier Weinkartons aufgeschlitzt?«

Die Tritsch wackelte unschuldig mit dem Schnabel.
»Welche Weinkartons?«

»Tu nicht so. Jemand hat vor dem Haus der Bickel Elfi vierundzwanzig Weinflaschen ausgetrunken, heimlich, still und leise, in einer einzigen Nacht. Die vier Kartons, die sind aber nicht aufgerissen gewesen, sondern fein säuberlich zerschnitten. Wie hast du das denn hingekriegt, hast du Elfis Gartenschere gemopst, oder was?«

Statt einer Antwort hob die Elwetritsch einen Entenfuß. Im rechten Winkel klappte eine Kralle heraus, lang, spitz und messerscharf. Mit einer lässigen Bewegung kappte die Tritsch eine der Hortensien, die Blütenstaude fiel zu Boden, der Stängel sah aus wie von einem Skalpell durchschnitten. Mit einem zuckersüßen Lächeln ließ sie die Kralle wieder im Watschelfuß verschwinden.

Bleibier hielt die Klappe und stellte fest, dass Elwetritsche wohl immer eine Überraschung parat hatten. Damit war auch Elfis »Mundraub« gelöst, in Grumberg kehrte endgültig Ruhe ein. Sogar Pfarrer Münch durfte wieder zufrieden sein Nickerchen halten. Denn im Safe des Privatdetektivs waren die gestohlenen Registerblätter gefunden worden, zum Glück unbeschädigt. Der Mann Gottes hatte sie mit Tesafilm eingeklebt und somit die wertvollen Kirchenbücher wieder komplettiert.

Einzig Manne schob schlechte Laune. Er verübelte es Bleibier, dass dieser ihn nicht mitgenommen hatte auf die Expedition in den Wald. Der Kommissar verstand seinen Groll, konnte ihm aber schlecht die Wahrheit sagen. Die Geschichte einer vorlauten Elwetritsch als Spurenleser hätte Manne ernsthaft am Geisteszustand seines Vorgesetzten zweifeln lassen, keine Frage. Darüber hinaus grämte dieser sich, weil sein nigerianischer Prinz kein Lebenszeichen von sich gab und alle »Mehls« unbeantwortet blieben. Bleibier hatte vorsichtig das Thema Internetbetrug angeschnitten, doch Manne wollte nichts davon wissen. Er war felsenfest davon überzeugt, dass der Prinz demnächst auftauchen und ihm seinen Koffer voll Geld überreichen würde.

Bleibier wackelte mit den Zehen und überlegte, ob er sich zur Feier des Tages einen weiteren Schoppen gönnen sollte.

»Hochbeiner-Auflauf«, meinte die Elwetritsch beiläufig und kratzte weiter in ihrer Dose. Bleibier wusste zuerst nicht, was sie meinte, dann hörte er es auch: Aufgeregte Stimmen hallten durch die Straßen, Füße rannten, jemand rief etwas. Nanu? In Windeseile zog er Hemd und Hose an und trat vor die Tür. Die Grumberger liefen zur Hauptstraße, er folgte der Menge. An der Ecke blieb er wie vom Donner gerührt stehen.

Vor der Wache hatte sich eine Menschenmenge versammelt und bestaunte drei mehr als außergewöhnliche Autos: drei Rolls-Royce mit Goldlackierung. Farbige Männer in Anzügen umringten eine große, schlanke Gestalt, die einen reich bestickten roten Umhang und eine passende Kopfbedeckung trug. Es dauerte eine Weile, bis Bleibier durch die Zuschauer nach vorne gelangte. Der große Mann hatte ein ebenmäßiges schwarzes Gesicht, Geschmeide hing an seinem Hals und seinen Handgelenken. Ihm gegenüber stand Manne mit seligem Lächeln, er schüttelte die Hand des Fremden wie einen Pumpenschwengel. Einer der Anzugträger gestikulierte, er trug eine Hornbrille und war offensichtlich der Dolmetscher.

»Prinz Sanabuko ist glücklich, endlich gefunden zu haben einen so vertrauensvollen Geschäftspartner«, erklärte der Mann mit starkem Akzent. »Er hat geschrieben viele, viele E-Mails mit seinem sehr lukrativen Vorschlag, aber niemals er hat Antwort bekommen, niemals. Unerklärlich, warum kein Mensch eingehen auf so gutes Geschäft mit so fantastische große Geldgewinn! Bis auf Sie!«

Manne strahlte, der Prinz lächelte etwas unsicher und schwankte. Ahnungsvoll schielte Bleibier in die Wache und sah ein Tablett mit leeren Schoppengläsern. Als guter Gastgeber hatte sein Kollege wohl gleich eine Begrüßungsrunde spendiert und dabei vergessen, dass ein halber Liter Wein für Nicht-Pfälzer durchaus eine Herausforderung sein konnte. Erst recht zur Mittagszeit.

»Ooch, das war doch nix«, winkte Manne bescheiden ab. »Das hätt' doch jeder hier gemacht, gell, Maazl?«

Bleibier nickte dümmlich und konnte noch immer nicht glauben, was vor seinen Augen geschah.

»Dann Sie sollen jetzt Belohnung bekommen wie versprochen!« Der Dolmetscher hob einen Aktenkoffer in die Höhe und öffnete ihn. Ein Raunen ging durch die Menge – säuberlich gebündelte Euronoten füllten jeden Winkel.

»Siebenhundertfünfzigtausend Euro, bitte haben Sie allergrößten Dank von Prinz Sanabuko Olabukonola.« Er verbeugte sich, der Prinz tat dasselbe. Manne lief rot an. Dann fiel ihm etwas ein, er rannte in die Wache und kam mit einem Quittungsblock wieder. Nach bester Beamtenart füllte er einen Beleg aus, nachdem er den D-Mark-Vordruck gestrichen und durch Euro ersetzt hatte.

»So, bitte, Ihr Exemplar«, strahlte er. »Ordnung muss schließlich sein!« Er nötigte dem Prinzen einen weiteren Schoppen auf, drückte ihm die Ansgar-Geschenkflaschen in die Hand und verabschiedete sich mit einem höflichen »Alla dann, machen's gut.«

Die Entourage schwärmte zu ihren Autos, der Prinz hatte weinbedingte Schlagseite und brauchte Hilfe beim Einsteigen. Die drei goldfunkelnden Rolls-Royce wendeten, hupten und brausten unter dem Jubel der Grumberger davon.

Bleibier klopfte Manne wortlos auf die Schulter, lief in seinen Garten und ließ sich mitsamt Kleidung in die Wanne fallen. Schummelwurst, Kirchenbücher, Feuerteufel, Autoklauer und jetzt noch ein nigerianischer Prinz. In der ganzen Pfalz gab es nicht genügend Wein, um sich eine solche Geschichte zurechtzutrinken.

Es raschelte im Garten, zwischen den Hortensien erschien die Tritsch. Sie hatte sich den Auftritt des Prinzen nicht entgehen lassen. »Ganz schön viel los in den letzten Tagen bei euch Hochbeinern.«

Der Kommissar nickte schweigend. Sein Kopf steckte so voll mit Erlebnissen, dass er das Gefühl hatte, nur noch reglos im Badewasser liegen zu können.

»Aber soll ich dir was sagen?« Das Vogelwesen gluckste vergnügt. »Das ist erst der Anfang. Wir beide haben noch neun Jahre, elf Monate und drei Wochen vor uns. Da kann eine Menge passieren, oder?«

Bleibier brummte etwas Unverständliches, drehte die Augen in den Himmel und sank ein Stück tiefer ins Wasser. O ja, mit einer waschechten Elwetritsch an seiner Seite würde er noch viel erleben, ganz bestimmt.

Und wenn er ehrlich zu sich selbst war, freute er sich darauf.

BESTIA PALATINENSIS

So lautet der lateinische Fachbegriff des heimlichen Pfälzer Wappenvogels, doch damit hören die Klarheiten auch schon auf. Elwetritsche? Elwetrittche? Elwedritsche? So vielfältig wie die Schreibweisen sind auch die Meinungen, wie das Sagenwesen denn nun aussieht und welche Eigenschaften es an seinem fedrigen Leib trägt. Um Licht ins Pfälzerwald-Dickicht zu bekommen, habe ich mir Rat von zwei Kennern der Materie geholt, von Wilhelm Hauth, seines Zeichens Professor der Tritschologie und Vorsitzender des Elwetrittche-Vereins 1982 e.V. Landau, und von Roland Bongard, der das Elwedritsche-Museum in Speyer führt. Vielen Dank für die Lehrstunden in Tritschenkunde, alle Halb- und Unwahrheiten sind einzig meiner Autorenfantasie geschuldet.

Ein weiteres Dankeschön gebührt meiner Lektorin Teresa Storkenmaier beim Gmeiner-Verlag, die sich als Nicht-Pfälzerin tapfer durch sämtliche Mundartpassagen gekämpft hat. Plötzlich findet man sich in Diskussionen über die korrekte Schreibweise von »Broodworschdebrot« verstrickt und kommt selbst ins Grübeln … ☺

Was wäre ein Buch ohne Cover? Die zauberhafte Elwetritsch auf der Vorderseite heißt Gustaf und ist eine Schöpfung von Walter Rupp aus Flomersheim. In dessen Keramikatelier hat Gustaf das Licht der Welt erblickt und ist bald darauf zu seinen neuen Besitzern nach Maximiliansau gezogen. Dort sitzt er auf dem Dachfirst und genießt jeden Tag den Südpfälzer Sonnenaufgang. Ein schallendes »Tritsch-Tritsch!« an alle Beteiligten dafür, dass ich den schlitzohrigen Gustaf als Titelbild für meinen Roman nutzen durfte.

Un zum Schluss gibt's nochemol en Gruß an alle Schobbedringer, Dummbabbler, Käschdesammler, Schluris, Woifeschtgeher, Sprichklobber, Mockelche, Hossewackler un Goldsticklsche: Ich hoff, Ihr hawwen Spaß ghabt mi'm Bleibier Maazl un soinre Elwetritsch. Kummen doch emol uff ennre Lesung vorbei, do kenne ma e Gläsl zomme dringe un e Schwätzl halde iwwer die schee Palz. Ajoh!

Wichtigkeiten und Nichtigkeiten unter helgeweichmann.de

Alle Bücher
von Helge Weichmann:

Historikerin Tinne
Nachtigall ermittelt:
1. Fall: Schandgrab
ISBN 978-3-8392-1445-9

2. Fall: Schandgold
ISBN 978-3-8392-1618-7

3. Fall: Schandkreuz
ISBN 978-3-8392-1859-4

4. Fall: Schandglocke
ISBN 978-3-8392-2162-4

5. Fall: Schandfieber
ISBN 978-3-8392-2333-8

6. Fall: Schandflut
ISBN 978-3-8392-2535-6

Kommissar Marcel Bleibier
und die Elwetritsch:
Mörderjagd mit
Elwetritsch
ISBN 978-3-8392-2584-4

Schatzsuche mit
Elwetritsch
ISBN 978-3-8392-0322-4

Weitere:
Schwarze Sonne
Roter Hahn
ISBN 978-3-8392-2057-3

SOKO Ente
ISBN 978-3-8392-2429-8

GMEINER SPANNUNG

WWW.GMEINER-VERLAG.DE
Wir machen's spannend